# 내 안의 뜰

# 내 안의 뜰

발 행 | 2018년 12월 3일

지은이 | 박정자
펴낸이 | 신중현
펴낸곳 | 도서출판 학이사

　　　　출판등록 : 제25100-2005-28호.
　　　　주소 : 대구광역시 달서구 문화회관11안길 22-1(장동)
　　　　전화 : (053) 554~3431, 3432
　　　　팩스 : (053) 554~3433
　　　　홈페이지 : http : // www.학이사.kr
　　　　이메일 : hes3431@naver.com

ISBN _ 979-11-5854-163-7　03810

# 내 안의 뜰

박정자 수필집

學而思 | 학이사

책을 펴내며

　내 삶의 순간들을 한 편 한 편 수필로 엮어 『내 안의 뜰』에 심 었습니다.

　수필 쓰기는 생업을 은퇴하고 늦은 나이에 시작했습니다. 열 정이 생길 무렵 지병으로 수술대에 눕기도 했습니다. 투병 중에 도 글쓰기를 놓지 않았습니다. 좀 더 일찍 만나지 못한 것이 아 쉬웠을 뿐 한순간도 떠나고 싶은 적은 없었습니다. 오히려 그것 은 어두움에서 빛을 건져 올리듯 나를 드러내고 민낯을 보여 주 었습니다.

　수필로 인해 나는 내 안의 나를 만났습니다. 내 안에 꼬인 삶 의 갈등이 실타래처럼 풀려 마음이 밝아졌습니다. 나만의 고통 이라고 힘들어하던 것들은 다른 사람에게도 서로 다른 모습으 로 존재하고 있음을 볼 수 있었습니다. 음악치료가 있고, 미술 치료가 있듯이 수필을 통한 마음치료도 있음을 체험했습니다.

　목적하고 쓴 글이 아니다 보니 구분하는데 마음이 쓰였습니다. 삶의 흔적을 주목하여 '내 안의 뜰' 에, 여행을 하며 느낀 것은 '바기오의 추억' 에, 사회 속에서 보고 느낀 것은 '객석에서' 에, 가정 속에 얽힌 이야기는 '사랑의 굴레' 에 묶었습니다.

막상 책을 내려고 하니 경험도 독서도 부족하여 부끄럽고 민망합니다. 자신조차 자각하지 못한 민낯을 세상 밖으로 내보내는 부담도 있습니다. 하지만 오랜 시간 원해 왔던 일이기에 후회하진 않습니다.

여기까지 오는 동안 한순간도 외면하지 않고 지켜봐 주신 소진 박기옥 선생님 고맙습니다. 함께 공부하며 격려해준 '에세이 아카데미' 회원 여러분, 사랑하는 가족들과 저의 온 삶을 통해 든든한 버팀목이 되어주신 신경희 목사님께도 고개 숙여 감사를 드립니다.

2018년 12월
박정자

# 차례

# 2부 바기오의 추억

# 3부 객석에서

# 4부 사랑의 굴레

# 1부
# 내 안의 뜰

들꽃도 가꾸면 화초가 된다.
이제 내 안의 뜰에는 잡초가 아닌
아름다운 이야기꽃이 피어나고 있다.
그 이야기는 내 울타리를 넘어 담 밖으로 나섰다.

# 꼴뚜바위

　　강원도 꼴뚜바위에서 마을 축제가 열린다는 안내장이
도착했다. 상동 중고교 동문회가 주체가 되어 그곳에 살았던 사
람과 현재 살고 있는 주민들과의 만남을 주선한다는 내용이다.
폐광 후 30여 년 만의 일이다.

　안내장을 읽는 순간 내 마음은 한달음에 꼴뚜바위 광장 앞으
로 달려갔다. 아직도 꼴뚜바위 속에는 100년을 캐낼 수 있는 질
좋은 중석 매장량이 있다고도 하고, 중석 시세 또한 폐광 때 보
다 다섯 배 이상 올랐다는 이야기도 있다. 동문은 어느새 흥청
거렸던 옛날을 추억함과 동시에 새로운 도약을 위한 기대감으
로 들떠 있는 분위기다.

　꼴뚜바위는 강원도 영월 상동읍 구래리九來里에 있는 큰 바위

다. 천 평 남짓한 넓이에 아파트 15층 높이의 화강암이다. 기암의 형상으로 되어 있되 산처럼 높고 웅장하다. 돌 틈새에 자라난 수목들이 철 따라 옷을 바꾸어가며 바위를 단장한다.

바위에 얽힌 인물로는 송강松江 정철이 등장한다. 조선 선조 13년(1580년) 강원도 관찰사로 도내를 순찰하던 송강은 고두암高頭岩 앞에 이르자 옷깃을 여민다. 일행 중 한 사람이 이유를 물으니 장차 이곳에 많은 사람이 몰려와 이 바위를 우러러보며 살아갈 것이라 하며 '꼴뚜바위' 라는 이름을 직접 붙여준다. 꼴뚜바위는 '으뜸 바위' 라는 뜻이다.

이후 마을 사람들은 바위뿐 아니라 마을 이름(구래리九來里: 아홉 번 되돌아온다는 뜻)마저도 아예 꼴뚜바위로 부르게 된다. 꼴뚜바위가 마을을 상징하게 된 것이다.

송강은 옳았다. 1923년에 중석광산이 개광된 후 꼴뚜바위에는 구름처럼 많은 사람이 모여들었다. 골짜기에 불과했던 작은 마을은 금세 초등학생이 2천 명을 웃돌고 3만여 명의 인구가 사는 작은 도시로 변했다. 중석 광산은 이후 60여 년 동안 광석 채굴에 매달렸다. 수출 56%를 차지하는 국가 투자기업 광산이 된 것이다.

국가 경제가 어렵던 시절에도 꼴뚜바위 주민들은 궁핍을 모르고 살았다. 광업소 앞 꼴뚜바위 광장에는 상동 극장이 있어 젊은이들로 활기가 넘쳤다. 즐비하게 늘어선 상점에서는 황토

색 옷을 입은 광부들이 삼겹살과 소주로 몸속의 중석 가루를 씻어 냈다. 선광장에서 돌아가는 우렁찬 기계 소리는 열심히 일하는 광부들의 숨결이고, 삶의 소리다. 언덕 위에 있는 하얀 집 교회당에서는 새벽마다 종을 울려 꼴뚜바위 마을의 평안을 축복했다.

나는 꼴뚜바위의 전성기라고 할 수 있는 60년대 후반에 대한 중석 부속병원 간호사로 발령받았다. 회사에서는 타지에서 취업 온 사람들을 위해 직원 기숙사를 운영했다. 남자 숙소는 백운료, 여자 숙소는 자매료라 불렀다. 소장의 여비서, 전화 교환원, 사무직, 타자수, 간호사, 약사, 약국 보조원 등이 함께 생활했다.

우리의 삶은 꼴뚜바위와 함께하지 않은 날이 없었다. 혼자 있을 때나 여럿 있을 때나 꼴뚜바위와 함께 있었다. 출근길에도 퇴근길에도 꼴뚜바위를 만났다. 바위를 휘몰아치는 냉기가 코트 깃을 여미게 할 때쯤이면 추운 겨울이 닥쳤음을 알았고, 바위를 스치고 불어오는 하늬바람이 머리카락을 쓰다듬을 때 우리는 봄이 오고 있음을 눈치챘다.

꼴뚜바위에서 10년을 사는 동안 나는 이별과 만남을 경험했다. 객지에서 깊은 우정을 나누었던 친구는 취업을 위해 서독으로 떠났고, 크리스마스 행사가 있던 날 트럼펫 연주를 들려준 남자는 나의 잠을 설치게 했다.

바위 옆 오솔길엔 보름달 같은 수은등이 밝았다. 나는 그 오솔길을 트럼펫 청년과 함께 걸으며 소식 없는 친구를 그리워했다. 어느 여름 그와 함께 손을 잡고 오솔길을 걷다가 길 쪽으로 뻗어 나온 칡넝쿨을 밟고 뱀인 줄 알고 깜짝 놀란 일이 있었다. 가까스로 놀란 가슴을 겨우 쓸어내렸을 때 눈앞에 꼴뚜바위가 우리를 보고 빙그레 미소를 짓고 있었다.

세월이 흘러 꼴뚜바위를 떠난 지 30여 년이 흐른 지금, 남편과 나는 옛 꼴뚜바위 마을에 와 있다. 트럼펫을 불어 주던 청년은 초로의 반백이 되었고 잠을 설치던 처녀도 육순을 넘긴 할머니가 되었다.

중석광산은 이미 폐광된 지 오래다. 꼴뚜바위 골짜기에 요란했던 소리는 이제 모두 멈추었다. 계곡을 우렁차게 울리던 기계 소리는 들리지 않고, 사람들이 활보하던 길거리는 낙엽이 굴러다닐 뿐이다. 빼곡하던 판잣집 상점도, 산 밑에 네모난 아파트 속에도 주인은 없다. 사람이 떠난 자리는 스산하고 적막하다. 지칠 줄 모르고 뛰어놀던 아이들의 고함은 어디 갔을까. 트럼펫 소리가 감미롭던 언덕 위의 교회 건물도 인기척이 끊겼다.

꼴뚜바위 앞 광장으로 나가본다. 낯익은 얼굴은 보이지 않고 몇몇 마을 젊은이들이 행사를 준비하느라 분주한 모습이다. 바위는 여전히 그 자리에서 골짜기를 지키고 있다. 오랜 세월 비바람에 파이고 깎이기만 했을까. 개발이라는 이름으로 수십 번

다이너마이트 세례를 감내했을 터이다. 긴 세월 폭약으로 부서지고 무너진 텅 빈 가슴을 칡넝쿨과 잡목으로 감싸 안은 채 묵묵히 마을을 지켜온 바위다.

문득 남편의 얼굴에서 꼴뚜바위를 본다. 단아하던 모습은 간곳이 없고 긴 세월 겪어온 삶의 풍랑들이 메마른 얼굴에 주름살로 남아 있다.

시간을 비켜갈 사람이 있을까. 직장 동료들과도 뿔뿔이 흩어졌고 분신처럼 아끼던 자식들도 짝을 찾아 떠났다.

남편 역시 나와 같은 생각일까. 바위와 나를 번갈아 바라보더니 한마디 불쑥 던진다.

"송강이 말했다지? 이곳에 많은 사람이 몰려와 저 바위를 우러러보며 살 거라고?"

대답하듯 남편을 향해 팔을 흔들며 달려오는 이가 있다. 그 옛날 대한중석에서 함께 근무했던 사람이다. 나에게도 손을 덥석 잡는 이가 있다. 기숙사에 함께 있던 약사이다. 다시 남자, 여자, 늙은이, 젊은이, 우리는 부산하게 서로를 알아보고 들뜨기 시작한다. 꼴뚜바위 역시 두 팔을 활짝 벌려 우리를 반기는 듯하다.

# 추석

　　추석 장을 보고 오다가 아파트 벤치에 잠시 앉았다. 잘 관리된 정원은 그것을 손질한 사람의 의도를 짐작하게 한다. 내가 사는 아파트 정원에는 고향을 떠나온 나무들이 많다. 그들의 모습에는 그리움이 서려 있다. 올봄에 꽃을 피우지 못하고 봉오리를 떨어뜨린 동백나무와 아파트 벽에 바싹 붙여서 나란히 세워 놓은 대나무를 보면 마음이 측은하다. 우람한 산을 차지하여 마음껏 솟아오르던 대나무 이파리가 노랗게 시들어간다.

　　사람에게도 나무들처럼 감성의 원적지가 있지 않을까? 아마도 고향이라고 말할 수 있을 것이다. 명절이 다가오면 고향을 향해 대이동이 일어나는 것만 봐도 알 수 있다. 마치 명절날 고향에 가기 위해 살아온 사람들 같지 않은가.

우리나라의 추석은 신라 때부터 오늘날까지 전해오는 아름다운 풍속이다. 햅쌀로 빚은 송편과 햇과일을 올려 조상에게 차례를 지내고 성묘를 한다. 효심을 소중하게 여기는 아름다운 모습이다.

"한가위만 같아라."

옛 어른들은 추석 명절을 예찬했다. 나의 어린 시절의 추석은 좋은 기억으로 남아 있다. 새 옷 만드는 엄마 곁에서 졸음을 견디며 만든 옷을 입어보고 잠이 들었다. 쟁반같이 둥근달을 보며 코스모스 핀 꽃길에서 친구들과 뛰놀던 즐거움도 기억 속에 있다.

요즘 추석은 그런 분위기가 아니다. 지역에 따라 전통놀이를 하는 곳도 있지만, 일회용 행사에 머물고 있다. 추석은 만남의 기쁨과 동시에 가사노동의 부담이 따른다. 명절의 가사노동은 명절증후군이라는 질병을 만들었다. 남편들 또한 아내의 마음을 살피며 고향에 계신 부모님의 마음도 헤아려야 한다. 부모님 역시 명절이 기쁘기만 한 것이 아니다. 부모님도 자식들을 위해 마음을 써야 하는 것이 있기 때문이다. 사랑의 양면성이다.

딸만 셋을 둔 나는 시집간 딸들에게 친정 걱정은 하지 말고 시댁 일이나 잘하라고 일러두었다. 하지만 내 마음속엔 기다림이 있다. 딸들 또한 영락없이 친정에 온다. 남자들이 부모님 계시는 고향으로 가고 싶어 하는 것과 똑같은 이유로 여자들 역시 명절이 되면 친정에 가고 싶어 한다. 우리 집은 온 가족이 함께 만나기가 쉽지 않다. 딸만 있는 집이라 더욱 그렇다.

맏딸은 친정에 와서 하루를 먼저 보내고 추석 전날 시댁으로 간다. 둘째 딸은 청주에 있는 시댁에 먼저 들려서 추석을 보내고 그날 오후나 다음날 온다. 셋째 딸은 불규칙하다. 남편의 근무 사정에 따라 움직인다. 우리 집으로 올 때 "엄마 지금 가요." 전화 한 통이면 된다. 고기를 좋아하는 3학년 손자와 2살 손녀가 눈앞에 어른거린다. 올해는 셋째가 추석 전날 집에 와서 자고 아침에 상주에 있는 시댁으로 갔다.

나 또한 딸인 동시에 며느리이기도 하다. 맏며느리다 보니 시댁 일이 만만치 않다. 추석을 전후하여 일주일을 분주하게 보낸다. 기독교 집안이다 보니 추석 차례는 없고 가족이 좋아하는 음식을 준비하여 감사 예배를 드리지만 사람 드나듦이 여간 고단한 것이 아니다. 출가한 딸들에게는 친정집이 쉼터다. 딸들이 모처럼 친정 오면 편히 지내다 가도록 음식을 장만하고 집안을 정리하고 손주들을 돌본다. 딸들 처지에는 친정에 왔다고 쉬고 싶어 한다. 이것저것 맛있는 것을 주문하기도 하고 아이를 맡겨 둔 채 친구를 만나러 간다.

나도 젊었을 적 친정에 가면 아버지, 어머니에게 응석을 부렸다. 그때 나는 어머니가 땀을 흘리며 우리 아이들을 업고 음식을 차려주어도, 어머니가 힘드시다는 생각을 하지 못했다. 몸으로 겪지 않는 고통은 마음에 와닿지 않는가 보다. 그 옛날 내가 어머니에게 그렇게 했듯이 딸들에게는 내가 강철 여인인 것이다. 딸들은 엄마가 남의 며느리이기도 하며 몸은 노년이라는 것을 생각하지 못한다. 세상의 모든 자식들은 단지 부모 곁에 있어 주는 것만으로 대단한 효도인 양 오해하는 족속들이다.

피아노를 전공한 둘째 딸이 부엌일은 전혀 해 보지 않고 둘째 며느리로 출가했다. 처음 추석을 시댁에서 보내고 와 시무룩하게 하는 말이 생각난다. 맏동서에게 "형님! 아까운 시간에 송편을 왜 만들어요. 떡집에 맞추지요"라고 제의했다가 민망하게 핀잔을 들었단다. 맏동서는 가정과를 졸업한 모범 주부다. 시부모님 생일상과 명절 음식을 예의범절에 어긋남 없이 챙기는 며느리로 칭찬이 자자했다. 그 후 시숙이 미국에 교환교수로 근무를 하게 되면서 맏며느리 대신 둘째 며느리가 2년 동안 시댁 일을 맡게 되었다. 집안 행사의 상황은 달라졌다. 부모님의 생신상은 식당에서 하고 추석 송편은 떡집에서 맞추게 되었다. 직장에 다니는 며느리다 보니 부모님도 기꺼이 따라 주었다.

온 가족이 둘러앉아 송편을 만드는 즐거움은 화합의 장이 되어 좋았듯이, 자기 능력에 맞게 일하는 것도 나름대로 편리했다. 서로 다름을 인정하는 것이야말로 사랑의 본질이 아닐까.


추석이라고 한바탕 북적이고 떠나간 자리가 어수선하다. 구석구석 아이들의 흔적이 보인다. 가지고 놀던 장난감이 흩어져 있고 축구공은 주인을 잃고 신발장 앞에서 멈추어 있다. 짝 잃은 양말 한 짝이 소파 귀퉁이에 앙증스럽게 박혀 있다. 자식은 만나면 반갑고 떠남 또한 반갑다는 말이 떠오른다. 떠난 자리에 가을 햇살이 평화롭고 따사롭다.

이제는 내가 자식이 될 차례다. 노인병원에 계시는 친정어머니를 찾아뵈어야 한다. 어머니는 정신을 놓은 지가 이태 되었다. 젊었을 적 어머니를 강철 여인으로 생각했던 몹쓸 딸이 그때의 어머니가 되어 불편한 허리를 펴며 외출 준비를 한다.

# 밥

몸이 성치 않은 사람들이 모이는 장소는 밥 먹는 시간마저도 소란스럽다. 전동차와 휠체어가 우악스럽게 실내를 왔다 갔다 한다. 쟁반에 음식을 나르는 손놀림이 분주하고, 반가운 웃음소리조차 호들갑스럽다. 어눌한 말이지만 소통에는 아무런 불편함이 없다.

장애인과 비장애인이 함께하는 식사시간. 150명 정도의 인원 중 장애인이 100명이 넘다 보니 성한 사람도 모두 장애인으로 보인다. 비장애인은 목회자와 봉사자를 제외하면 극히 소수이다. 대부분 자기 스스로 움직일 수 없는 뇌성마비, 팔다리가 성치 않은 지체장애, 지능지수 미달인 정신지체, 시청각장애를 동반한 중복장애 등을 가지고 있다.

경중장애를 가진 자는 중증장애인이 밥 먹는 일을 도우면서 마음과 마음이 소통되는 경험을 한다. 청년회장은 장애가 있지만, K에게 앞치마를 입히고 전동차 옆에 서서 밥을 먹인다. K는 뇌성마비 중증장애로 혼자서 밥을 먹을 수도 없고 화장실에도 혼자 갈 수 없다. 먹는 도중에도 역류증상이 생기면 거침없이 쏟아낸다.

회장은 어떤 상황에도 익숙하게 대처한다. 그러느라 그는 번번이 자기의 식사를 거르기가 일쑤다. 하지만 그의 밝은 표정 때문에 아무도 그 사실을 알지 못한다. 더러는 자신조차도 밥 먹는 일을 잊은 것처럼 보일 때도 있다.

장애인 중 유난히 밥 욕심이 많은 사람은 두 사람 몫을 받아서 밥상 옆에 챙겨 두기도 한다. 그런가 하면 입맛 까다로운 사람이 먹지도 않은 음식을 그대로 음식 찌꺼기 통에 넣는 아깝고 황당한 일도 있다. 아무런 장애도 없으면서 장애인 속에 끼어 있는 노인들은 아침밥을 굶고 온 혼자 사는 노인들이다.

내가 주로 하는 일은 밥 짓는 일이다. 손맛이 좋아서 선택된 것은 아니다. 여자인 데다 나이가 많고, 장애가 없기 때문이다. 150여 명이 한꺼번에 밥을 먹을 수 있도록 준비하는 일은 쉬운 일이 아니다. 주일 아침 교회에 가면 토요일에 준비된 식자재가 쌓여서 나를 기다리고 있다. 먼저 가마솥처럼 커다란 밥솥 두 개에 쌀을 씻어 놓고 손등에 찰랑하도록 물을 붓는다. 처음에는 엄두가 나지 않아 우왕좌왕했지만 몇 년이 흐르면서 도리어 나에게 묻는 사람이 많다. 반찬 만드는 일은 아직도 자신이 없어 당번을 정하고 함께 한다.

여자에게 밥은 어떤 의미를 가질까? 밥 짓기는 가족의 생명과 건강을 책임져야 하는 부분이다. 주부가 앞치마를 입고 주방에서 음식을 만드는 모습은 평화로운 모습으로 비치지만 정작 주부들은 호시탐탐 밥 짓는 일에서 벗어나고 싶어 한다. 밥 짓는 일은 멋지지도 훌륭하지도 않은 일로서 끼니마다 식단을 짜기도 번거롭기 때문이다.

나도 결혼 후 밥 짓는 일에 포로가 되었다. 취미가 있는 것도 아니고 누가 강요한 것도 아니지만, 그 일이 내 일처럼 여겨졌다. 잘하고 싶어서 요리책도 읽어 보고 기초 요리 강좌도 수료했다. 그래도 나는 늘 주방 일에 자신이 붙지 않았다. 자랄 때 부엌일을 배울 기회가 없었기 때문이다. 셋째 딸로 자라면서 학교생활은 기숙사에서 보냈으니 부엌일이 서툰 것은 당연한 일이리라.

정부 차원에서 분식을 독려하던 시절에는 빵 만드는 수업도 받아 보았다. 그러나 그것도 잠시뿐 다시 밥 짓는 일을 하게 되었다. 우리나라 사람에게는 언제나 밥이 주식이 되어야 하는 모양이다. 생각해 보면 우리 조상들은 온 식구가 함께 아침밥을 먹음으로써 하루 일을 시작했고, 저녁이면 늦게 돌아오는 가족을 기다리며 저녁밥을 늦추어 먹었다. 식구들이 우르르 밥상에 둘러앉으면 어머니는 밥을 푸기 시작했다. 솥에서 밥을 푸는 데도 순서가 있었다. 먼저 어른 그릇부터 담았다. 집을 떠나 있는 가족이 있으면 행여나 하여 그의 몫으로 밥을 퍼서 따뜻한 아랫목에 묻어 둔다. 밥상 앞에서도 섣불리 수저를 들면 안 되었다. 아버지가 먼저 수저를 들기까지 조용히 기다려야만 했다. 밥에 대한 경외감이다.

도우미 없이 직장생활을 하면서 아이 셋을 키우는 동안 습득한 것은 밥을 빠르게 짓는 방법이었다. 당시는 학교급식이 없어 아이 셋 모두 도시락을 준비해야만 했다. 야간 수업용까지 합쳐 네다섯 개씩이나 되는 도시락을 싸 주고 출근하려면 새벽부터 집 안에서도 동동거리기 일쑤였다.

아이들이 장성하여 내 곁을 떠난 후에는 밥 짓는 포로에서 풀려날 줄 알았다. 그러나 그도 잠시, 이번에는 따로 살던 시어머님을 한집에서 모시게 되었다. 나는 다시 밥의 포로가 되고 말았다. 365일 하루도 예외 없이 세끼 밥을 챙겨야 하는 일에서 벗어날 수가 없다.

어쩌다 세 식구가 외출에서 돌아올 때도 남편은 긴 의자에서, 어머님은 방안에서 편히 쉬지만 나는 부엌에 들어가기가 바쁘다. 밥을 지어야 되기 때문이다. 달라진 것이 있다면 언제부터

인가 나도 모르게 그 일을 은근히 즐기게 되었다는 사실이다. 갓 지은 밥을 맛있게 드시는 시어머니와 남편을 보노라면 나 역시 기분이 좋아진다. 이제야 겨우 밥을 이해하고 그 일에 길들여진 셈일까?

장애인 식구들이 밥을 먹는 시간에는 낯선 사람끼리도 소통의 물꼬가 트인다. 밥이 소통의 다리가 되기 때문이 아닐까. 장애인들과 비장애인들이 어우러져서 밥때를 즐기는 모습을 보면 나도 모르게 미소를 짓게 된다. 밥 짓는 일은 포로가 아닌 선택받은 일이라고 자신을 향해 화해를 청한다.

# 동서

　　나는 올여름 항암 치료를 받으면서 죽을 만큼 힘든 시
간을 보냈다. 입맛은 고사하고 울렁증이 있어 만사가 귀찮았다.
7월 중순이라 얼마나 더운지 기진한 상태로 있는데 큰 동서가
우리 집에 오겠다는 전화가 왔다. 그때 내 상태는 어떤 사람이
위로한다고 해도 성가시다는 생각뿐이었다. 동서에게 오지 않
았으면 좋겠다고 하니 벌써 버스에 올랐다고 했다.

　　옷차림을 가다듬으면서 거울을 들여다보았다. 초췌한 모습이
다. 머리카락이 엉성하게 빠진 더벅머리에 화장기 없는 꼴을 보
이기 싫었다.

　　초인종 소리에 문을 열고 보니 동서는 얼굴에 땀이 범벅되어
양손에 짐을 들고 들어온다. 한 손은 김치통 두 개를 묶어서 들

고 다른 손에는 막 밭에서 따온 옥수수가 들려 있다. 내가 강원도 사람이라 고향 음식이 먹고 싶을 것 같아서 챙겨 왔다고 하며 서둘러 옥수수를 삶았다. 김치통 속에는 추어탕이 담겨 있었다. 이웃에 항암 치료받는 사람이 있는데 칼칼한 추어탕이 입맛 돌아오는데 제일이라는 이야기를 들었단다. 동서 말대로 매콤하고 뜨거운 추어탕이 입맛에 맞았다. 더운 날 뜨거운 추어탕이 속 시원한 느낌을 주었다. 막 삶아낸 옥수수가 구수하고 담백해서 입맛을 돋웠다. 오랜만에 느껴보는 고향 맛이다.

내가 시집올 때 큰 시동생은 군인이었다. 다음 동생들은 초등학생, 중학생, 고등학생 셋이 있고, 시누이는 출가한 상태였다. 시댁은 대가족인데 내가 직장생활을 하다 보니 시어머니 혼자서 살림을 하시기에 버거웠다. 내가 첫아이를 낳자 친정에서 도우미를 보내 살림을 돕게 했다. 결혼 이태 만에 아버님이 뇌졸중으로 병석에 눕게 되면서 경제적인 부담은 우리 부부에게 넘겨졌다. 시동생 학교 등록금과 시아버님 병시중에 형편 펴질 날이 없었다. 설상가상으로 어머님이 시누이 사업에 빚보증하고 있었는데 유류 파동이 일어나면서 건축 자재 사업을 하던 시누이 집에 부도가 발생하였다. 그 시절 집 한 채를 팔아도 모자랄 만큼 큰 빚을 우리가 떠맡게 된 것이다.

시댁에서는 남편이 직장을 퇴직해서 퇴직금으로 빚 갚기를 원했다. 하지만 우리 아이들이 셋이나 있는데 가장이 실직하면 어떻게 한단 말인가. 걱정 끝에 나날이 불어나는 빚을 내가 맡아 해결하겠다고 나섰다. 3부 사채 이자를 주던 것을 2부로 변경하기도 하고 열 명도 더 되는 빚쟁이들을 불러 놓고 사정 이야기를 하여 이자를 받지 말아 달라고 해서 원금을 조금씩 줄여갔다. 하지만 끝을 보기에는 요원했다.

결혼 9년째 되던 해 남편이 대한중석 본사로 전근했지만 나는 시댁 식구들과 고향에 남아서 직장에 다녔다. 군 복무를 마친 시동생이 복직하고 결혼을 하자 나는 회사를 퇴직하고 퇴직금으로 빚을 마무리했다. 그때 시동생은 맏며느리가 남편 따라 이사하는 것을 못마땅히 여겨 떠나오는 날 배웅도 하지 않았다. 그 모습이 지금도 기억에 선명하다.

큰 동서는 결혼하면서부터 시아버님의 병시중을 들어야 했다. 맏딸로 자란 동서는 처음부터 명절이 되면 음식 만드는 일도 본인이 도량해서 어머님보다 앞서갔다. 나는 대구에 와서 다시 직장에 다니게 되어 경제적인 부분을 담당하고 몸으로 하는 일은 동서가 맡아서 하는 경우가 많았다. 그렇다고 해서 명절이나 집안 행사가 닥치면 내 마음이 홀가분한 것은 아니다. 차라리 동서가 형님이면 좋겠다는 생각이 들곤 했다.

나에게는 동서가 넷이나 있다. 모두가 마음이 소통되는 건 아니다. 큰 동서는 나와 직장 동료다 보니 남다른 묵은 정이 있다,

직장에서도 나를 잘 따르고 도움을 주던 사이라 나도 마음으로 의지가 되었다. 둘째 동서는 은행에 근무하는 직업여성이다. 시아버지가 돌아가시던 해 첫아기가 태어나자 어머님을 모셔가 육아와 집안 살림을 도와 달라고 했다. 둘째 동서 남편이 교통사고로 돌아가시자 동서가 자기 친정 동네로 이사하면서 시어머니는 우리 집에 오셨다. 셋째 동서는 직업군인 남편을 따라 이곳저곳 이동하며 사는 바람에 정들 시간도 없었다, 넷째 동서는 우리 큰딸과 같은 또래이다.

몇 해 전 설날이 다가올 무렵이었다. 나는 명절 준비가 부담스러웠다. 더군다나 작년에 새로 시집온 질부도 있으니 잘하고 싶어서 마음이 쓰였다. 재래시장과 슈퍼에서 사들일 식자재를 구별해서 꼼꼼히 적고 있는데 큰동서에게서 전화가 왔다.

"형님! 설날 아침에 어머님 모시고 우리 집에 오세요."

내 심정을 헤아린 동서의 배려다. 설날 아침 일찍 동서 집에 가니 음식 준비가 다 되어 있었다. 작년 11월에 결혼한 질부도 주방에서 거들고 있었다.

아침 식사를 마치고 동서가 푸짐하게 챙겨주는 음식을 받아들고 돌아오면서 친정집처럼 따뜻한 정을 느꼈다. 7년 동안 시아버지 병시중 드느라고 고생하면서도 나에게 불평한 적이 없다. 그는 늘 그렇게 나의 힘이 되어주었다. 6남매 맏며느리는 동서 때문에 잘 견뎌냈다.

아버님 추도예배가 있을 때도 형님 바쁜데 우리 집에서 하겠다고 나섰다. 동서는 아들 둘을 낳고 나는 딸 셋을 낳았다. 그는 "형님은 좋겠어요. 딸들이 많아서 부러워요." 한다.

우리는 한 직장에서 근무하다가 같은 집에 시집와서 살면서 나름대로 힘든 세월을 보냈지만 돌아보면 오랜 시간 부대끼면서 연리지 삶을 살았나 보다. 동서가 내 손을 꼭 잡는다.

"형님! 힘들고 속상할 때면 형님 집에 가고 싶었어요. 암 투병 꼭 이기고 살아야 해요."

동서의 눈시울이 붉어진다.

"병 나으면 우리 둘이서 여행가요."

동서는 친정 부모가 일찍 돌아가셔서 시집살이하면서 외로움을 타고 있었나 보다. 해 질 녘 버스를 타고 멀어져 가는 동서의 모습을 보며 마음에 빚진 심정으로 가슴에 잔잔한 파도가 인다.

# 길

　　뽀얀 먼지를 일으키며 자동차가 달리던 길이 있었다.
그 길에는 상동 중석 광업소에서 2~3일에 한 번씩 중석을 운송
했다. 군인 지프가 무선안테나를 뾰족하게 올리고 앞서 달리고
뒤를 이어 10톤 트럭이 수없이 라이트를 켜고 줄지어 지나갔다.
한참을 기다리며 트럭을 헤아리다 보면 서른 대가 넘을 때도 있
었다. 갓길도 구분되지 않은 비포장도로에서 흙탕물을 맞는 일
도 흔히 있었다. 등굣길 가에 풀꽃이 바람에 춤추고 소박한 꿈
을 머금은 아이들이 줄지어 좌측으로 걷노라면 언덕 아래 개울
에선 송사리가 헤엄을 쳤다.

　　길은 처음부터 있는 것이 아니고 사람이 오가는 반복된 과정

을 거쳐야 만들어진다. 혼자서 길 없는 곳을 만나면 스스로 개척해야 한다. 삼거리나 사거리 갈림길이면 길 하나를 선택해야 한다. 60년대 후반에 난 인생의 갈림길을 만났다. 우리나라에서 서독으로 간호사 해외 취업이 있었다. 간호학교를 막 졸업한 친구들은 낯선 땅을 향해 취업을 떠났다. 나도 결심을 하고 서류를 준비하였지만 부모님은 혼기가 다 된 딸이 먼 나라로 가는 것을 허락하지 않았다. 이미 서류전형은 치르고 면접을 기다리는 과정에서 포기했다.

부모님의 선택을 따라 가정주부의 길을 걸었다. 그 길은 바쁘고 고달프고 이타적인 삶이었다. 여자가 결혼생활을 한다는 것은 가장 평범하고 쉬운 길이라고 하지만 그 길은 생각보다 녹록하지 않았다. 환경과 습관이 다른 낯선 사람들과 한 가족으로 사는 동안 시행착오를 거듭했다. 끝없는 인내와 희생을 요구하는 길이었다. 나의 철없고 수다스럽던 모습은 사라지고 말수도 줄었다. 쇠똥이 굴러가도 웃겠다며 놀림받던 웃음소리도 조용한 미소로 변했다. 6남매의 맏며느리 자리가 몸과 마음을 무겁게 짓눌렀다. 삶의 모습은 점점 단순해지고 머릿속은 텅 빈 것 같았다. 아이들이 자라면서 그들이 학교에서 꾸지람이라도 받으면 속상하고, 칭찬을 받거나 상을 받아오면 행복이 온통 내 것인듯 느끼면서 지극히 소소한 일에 희비가 오갔다.

‘국제시장’ 영화를 보았다. 흥남 부두에서 눈보라 휘날리는 겨울날 남쪽으로 향한 피난 행렬이었다. 죽음과 삶의 간격은 촌각에 달렸고, 군중 속에서 피난 보따리 등짐에 밀려 아수라장이었다. 한 소년이 부산으로 가는 배를 타는 순간 업고 있던 여동생이 바닥으로 떨어졌다. 이 광경을 본 아빠는 올랐던 배에서 내려 어린 딸을 찾아 눈보라 속을 헤집고 다녔다. 그 후 소년은 서독 광부가 되어 파독 간호사와 결혼했다. 노년이 되어 힘들었던 세월을 회상하는 영화다.

서독으로 취업나간 친구들의 모습이 생각났다. 그들도 혼기를 지나 혼자 사는 사람도 있고, 광부와 결혼하여 서독에서 살고 있는 친구도 있다. 어떤 친구는 근로계약 기간을 마친 후 미국으로 가서 미국 시민으로 살고 있다. 내가 서독에 갔더라면 나의 모습은 어떻게 변했을까? 내 삶이 팍팍해질 때면 은연중 출국을 포기했던 기억이 떠오르곤 했다. 그렇다고 현실이 실패한 삶이라고 여기진 않는다. 너무나 평범한 일상에서 탈피하고 싶은 마음이리라.

고향에 부모님 산소를 찾아갔다. 어릴 때 엄청나게 크게 보이던 중석광업소는 폐광되었다. 군사정권시절 퇴역장성들이 앞다투어 소장으로 오기를 선호하던 국가 산업체인데, IMF경제 위기가 왔을 때 이스라엘 기업에 팔렸다. 종업원 가족들이 사방으로 흩어져 떠나가고 오래전부터 살던 본고장 사람들만 남아 있다.

흙먼지 풀풀 나는 신작로 등곳길은 보이지 않았다. 아스팔트가 깔끔하게 덮여있고 갓길은 노란 선으로, 중앙분리대는 하얀 선으로 분리된 길은 많이 넓어졌다. 풀꽃 대신 높다란 시멘트 가드라인이 단장되었다. 맑은 개울물은 건천으로 변하고 물고기는 없다. 자동차만 무심히 휙휙 바람을 일으키며 지나쳐 갔다.

낯선 동네가 된 고향 마을에는 낡은 집이 듬성듬성 마을을 지키고 있다. 내가 살던 집은 보이지 않았다. 오랜만에 찾아온 고향인데 화들짝 놀라며 반겨주는 사람이 있었으면 싶었다. 잘 정돈된 길을 걸었다. 뽀얀 먼지 속으로 함께 다니던 친구들이 떠오른다. 그들은 어디에서 어떤 길을 걷고 있을까. 좁다란 흙먼지 풍기는 옛 길이 그리움으로 떠오른다.


어느 시인은 모든 것은 지나가는 것, 지나간 추억은 아름답다고 하지 않던가. 저녁노을이 붉게 물든 하늘을 보며 황혼을 맞고 있는 나의 인생길을 더듬어본다. "인생은 나그네 길 어디서 왔다가 어디로 가는가…." 최희준의 노래를 흥얼거리며 갈 길을 재촉한다.

# 연리지 連理枝

올해 들어 본리공원이 단장을 많이 했다. 둘레길을 포장하고 장미 화단도 만들었다. 아름드리 은행나무도 새로 보이고 측백나무도 무리 지어 심었다. 둘레길을 걷다가 모퉁이에서 이름표를 달고 있는 중국단풍을 보았다. 몸통을 마대로 감싸고 주위는 보호목으로 받쳐놓았다. 얼마 전에 옮겨 심은 나무다. 나무 푯말을 보니 말로만 듣던 연리지다.

나무둥치가 둘로 갈라져 한참 자란 후 삼각형 공간을 만들고 있다. 두 가지는 힘차게 뻗어 있는데 어느 쪽에서 나왔는지 가지 하나가 몸통에 사다리처럼 연결되었다.

나무는 우람하지도 않고 잎이 풍성하지도 못하다. 낯선 장소에서 뿌리를 내리느라고 힘겨운 모습이다. 나무가 연리 현상을 만드는 경우는 쉽지 않다. 나뭇가지는 자라면서 햇볕을 따라 가지가 벌어지게 되고 나뭇잎은 광합성을 위해 빛을 바라보려고 낱낱이 흩어지는 것이 일반적인 모습이 아닌가. 어쩌다 가지가 겹치는 경우가 생기더라도 바람에 흔들리기 때문에 세포가 결합하기는 어렵다.

나무의 연리 현상은 뿌리가 붙은 경우를 연리 근, 나무둥치가 붙은 것은 연리 목, 가지가 붙은 것은 연리지로 구분한다. 종류가 다른 나무와의 연리 목은 몸통은 붙어있지만 서로 다른 열매를 맺는다고 한다. 연리 목 중에는 동상이몽의 경우도 있나 보다.

연리지는 희귀하다 하여 남녀의 사랑에 비유하기도 하고 부모와 자식 간의 효성을 말하기도 하여 사랑을 상징하는 나무로도 알려져 있다. 「채옹전」에 의하면 후한말의 문인인 채옹은 효성이 지극하기로 소문나 있었다. 채옹의 어머니가 병으로 자리에 눕자 백 일 동안 잠도 자지 않고 보살폈다. 돌아가신 후에는 무덤가에 초막을 짓고 3년 동안 시묘 살이 했다. 그 후 채옹의 방 앞에 두 그루의 나무가 자라더니 마침내 가지가 붙어 한 그루처럼 된 것을 보고 사람들은 채옹의 효성이 지극하여 부모와 자식이 한몸이 된 것이라고 말했다.

사랑 이야기를 담고 있는 연리지를 보며 내 삶을 돌아보았다.

우리는 환경과 습관이 많이 다른 사람끼리 만났다. 나와 다름은 확연했다. 약속 시각이면 영락없이 시간 전에 도착해야 직성이 풀리는 나와 다르게 데이트 시간에 30분 늦게 나타나서도 아무렇지도 않게 여기는 그의 모습을 보면서 여유 있는 성품이라고 생각했다. 무슨 일을 결정할 경우에도 본인의 입장에서 일방적으로 밀어붙이는 모습을 보면서 추진력이 있다고 여겼다. '눈에 콩깍지가 씌다'는 말이 공연한 이야기가 아니었다.

도리어 서로 다름이 끌림이 되었는지도 모른다. 신혼여행 때는 같은 날 결혼한 남편 친구 부부와 함께 갔다. 60년대 새로 건축한 워커힐이다. 처음 지은 호텔이라 신혼부부가 많이 몰렸고 호텔 측에서도 신혼부부를 위한 특별프로그램을 진행했다. 그날은 37쌍의 신혼부부가 화려한 축하를 받았다. 남편은 친구와 이야기를 나누며 즐거워했지만 신부 두 사람은 어색한 분위기에 적응하지 못하고 있었다. 밤이 되자 한양고등학교 동창이 우르르 호텔 방으로 몰려왔다. 친구들이 학창 시절 이야기를 할 때 남편은 행복해 보였다. 그날 밤 신부 두 사람을 한방에 남겨두고 다른 방에서 친구들이랑 밤새 술을 마셨다.

우린 성격도 대조적이다. 나는 감성적이지만 남편은 활동적인 사람이다. 독서나 사색을 즐기는 나와 다르게 남편은 운동을 무척 좋아했다. 우리 집 TV 채널은 항상 스포츠 프로에 고정되어 있다.

서로 다른 사람이 같은 공간에서 살다 보니 엇박자가 많았다. 첫아이 출산 후 종합검진을 받으니 우울증이 있었다. 의사는 여행을 많이 하면 도움이 된다고 했다. 그 후로 틈이 나면 여행을 즐기는 습관을 가지게 됐다.

오랜 시간 주어진 환경에 순응하며 살다 보니 어느 사이에 상대방의 표정만 보아도 그 마음을 짐작하고 고통과 즐거움이 본인의 것으로 여겨졌다. 기쁜 일, 슬픈 일을 함께 보내는 동안 응집된 진액이 슬그머니 손 내밀어 연리를 만들었는지 모른다.

감성의 공감이 형성된 것일까? 부부로 산다는 것은 연리지의 삶이 아닐까! 연리 없이 살아가는 부부라면 황혼 이혼이나 이별의 삶을 살아가게 될 것이다. 공원에 심어진 연리지 나무처럼 겉모습으로 보면 연리 현상이 일어날 기미가 없지만 세상에는 생각과 상식을 초월하는 섭리가 존재하고 있나 보다.


나무숲에는 매미들이 여름을 보내는 아쉬움을 토해내듯 울음소리가 요란스럽다. 연리지에서 매미가 울고 있다. 연리지 나무는 모살이가 힘겨운지 나뭇잎이 바람에 힘없이 나부낀다.

"이곳 본리 어린이 공원에 살고 있는 20여 년 된 중국단풍나무는 나무줄기가 다른 가지와 이어진 것이 발견되었다. 나무의 가지가 이어진 것을 뜻깊게 여겨서 달서구의 구민 모두는 소중하게 보듬고 가꾸어야 할 것이다."

푯말이 있다. 나무를 옮긴 사람의 마음이다. 마음 아픈 사람이 이곳에 와서 나무를 바라보며 회복과 치유하기를 바라는 심정이리라.

'사랑나무야, 튼실하게 잘 커서 사람들에게 연리의 사랑을 전해 주길 바란다.' 나무 둥치를 어루만지며 독백한다.

# 구두 이야기

     K는 언제나 예쁜 구두를 신고 있다. 여름이면 핑크빛 샌들을 신고 봄가을이면 끈으로 매는 단화를 신는다. 겨울이면 벗기 편한 고아 부츠를 고른다. 그녀의 구두는 언제나 새 구두다. 태어나면서부터 한 번도 땅을 밟고 걸어본 적이 없기 때문이다. 그는 중증 장애인이다. 종합복지관에서 민원업무를 보고 있는 직업여성이다.

     누구나 그녀를 보는 순간이면 구두로 시선이 간다. 작은 발에 예쁜 아동화를 신고 있어 눈을 끌기 때문이다. 봉사자들이 체중 30kg 남짓한 그녀를 전동휠체어로 이동시킬 때면 목 뒤로 손을 받쳐서 소중하게 다루어야 한다. 어쩌다 구두가 벗겨져서 땅에

굴러가면 '내 신발!' 하면서 당황스러워한다. 나는 구두를 땅에서 집어 조그만 발에 신겨주면서 혹시 자존감이 손상될까 조심스레 바라본다. 하지만 도리어 환한 표정으로 고맙다고 말한다.

그녀는 실내에서도 항상 구두를 신고 있다. 가느다란 발목에 걸려 있는 구두를 보고 있노라면 여러 가지 생각이 스친다. 사람이 구두를 신는 목적은 땅을 디딜 때 발을 보호하고 편리하게 걷기 위한 수단이 아니던가? 그녀는 자신의 발로 땅 위를 걸을 수가 없는 장애인이다. 그녀에게 구두는 어떤 의미를 가지고 있을까?

구두를 생각하면 필리핀의 이멜다를 빼놓을 수가 없다. '미스 필리핀'으로 마르코스 대통령과 결혼하면서 부와 권력을 한 손에 쥐게 된 이멜다에게는 무려 3000여 켤레의 구두가 있었다고 한다. 사치와 허영으로 말년에는 그 많은 구두를 버리고 허망하게 조국에서 쫓겨났다. 그녀에게 구두는 무슨 의미를 지닐까?

나에게도 남다른 구두 이야기가 있다. 내가 간호학교를 입학할 때는 학업성적도 상위권에 들어야 했지만, 신체검사에서 용모와 키가 포함되었다.

내 앞 번호 수험생이 마맛자국(곰보)으로 인해 탈락되고 나서 펑펑 울던 모습이 나를 긴장하게 했을까. 나는 내 키가 기준에 미달할까봐 신경이 쓰였다. 고민 끝에 키를 재는 순간 발뒤꿈치를 약간 올리는 편법으로 합격선을 간신히 통과했다. 그 순간 얼마나 얼굴에 진땀이 솟던지. 아마도 그때의 그 키 높이는 내 마음에 빚으로 각인되었나 보다.

나는 직장에 첫 출근을 시작하면서부터 굽 높은 구두만 신어왔다. 지금처럼 구두 크기가 다양하지 못해서 제화점에서 발에 맞게 맞추어야 했던 시절이었다. 발이 작아서 구두를 신으면 예쁘다는 말은 들었지만, 기성화나 이월상품을 사들일 수 있는 행운은 없었다. 혹 제화점에서 주인이 찾아가지 않은 구두가 발에 맞는 경우에는 계획에 없던 충동구매도 마다하지 않았다.

첫아이를 임신했을 때도 하이힐을 신고 출근했다. 버스 안에서 나이 지긋한 할머니가 나에게 불편하지 않느냐고 물어보며 낮은 신을 신으라고 일러준 일도 있었다. 하지만 나는 좀 불편하더라도 높은 구두를 벗어야 한다는 생각은 들지 않았다. 어느덧 굽 높은 구두가 익숙해졌기 때문인지 납작한 구두를 신으면 몸이 뒤로 넘어가는 느낌이 들고 발바닥이 땅에 붙어서 답답하기도 했다.

어느 날 평소와 같이 굽이 높은 구두를 신고 길을 가던 중 갑자기 무릎이 힘없이 접히는 바람에 땅바닥에 주저앉고 말았다. 지나가던 사람이 멈춰 서서 다친 곳이 없느냐고 묻는다. 민망해서 빨리 일어나려고 하니 무릎이 아팠다. 근처에 있는 한의원을 찾았다. 의사는 진찰 후 퇴행성관절염이라고 했다. 나는 관절염

이라는 말에 당황하며,

"어떻게 하지요? 걸을 수 없게 되나요?"

항의라도 하듯 다그쳤다. 의사는 내 구두를 찬찬히 보더니

"구두가 발을 너무 혹사하는군요. 편안한 신발을 신으세요."

나는 민망하여 얼굴이 화끈거렸다. 굽 높은 신발이 관절염의 원인이란 말인가. 하긴 내 발바닥 앞쪽에는 굳은살이 뭉쳐져 있다 높은 구두를 신었을 때 체중이 앞으로 쏠려서 생긴 흔적이다.

K와 이멜다, 그리고 나에게 있어 구두는 어떤 의미가 있는 것일까? K에게 구두가 자존심이라면 이멜다에게는 사치와 권력의 상징이었을 것이다. 나에게 구두는 열등감이 아니었을까.

이제 나는 아무도 모르게 발뒤꿈치를 올려서 국비 장학생의 혜택을 누린 빚에서 자유로워지고 싶다. 긴 세월 나의 어리석은 욕망으로 인해 상처받은 나의 발을 살며시 만져본다. 감사하고 미안하다.

"편안한 구두를 신으세요."

의사의 목소리가 귓전을 맴돌며 내 안의 나를 향해 화해를 청한다.

# 까치집

　　노을이 감빛으로 익어 가는 저녁 무렵이다. 앙상한 겨울 나무 가지 위에 까치 한 마리가 나뭇가지를 물고 요리조리 기웃거린다. 잠시 후 또 다른 까치 한 마리가 나뭇가지를 물고 날아왔다. 까치 두 마리가 고개를 갸웃거리며 이쪽저쪽 옮겨 다닌다. 둘이서 둥지를 만들고 있는 모양이다. 까치들의 모습을 지켜보다가 나는 동화 속 까치 이야기가 떠올랐다.

　　까치는 전래 동화 속에 많이 등장한다. 칠월 칠석에는 오작교를 만들어 견우와 직녀의 만남을 도와주었고, 치악산 전설에서는 뱀에게 죽을 위기에 처한 까치를 선비가 살려주었고 까치 또한 자신을 살려준 선비가 죽을 위기에 처하자 은혜를 갚기 위해 목숨을 버렸다. 또한 신라시대에는 임금을 암살하려는 음모가 있을 때 기척을 해서 위기를 면하게 했다 하여 지혜로운 새로 여기며 사람들의 사랑을 받았다. 아침에 까치가 와서 울면 기쁜 소식이 온다고 전해지고, "까치 설날은 어저께구요. 우리 설날은 오늘"이라는 동요를 보면 사람과 좋은 관계를 맺고 있는 새다.

까치는 둥지를 만들 때 어린 새끼들이 날아다닐 수 있을 때까지 외부에서 보이지 않도록 상수리 잎이 많은 자리에 집을 짓는다. 일반적으로 한 나무에 한 개의 둥지를 틀지만 소수의 까치는 전년도에 사용한 둥지를 보수해서 다시 사용하는 경우도 있다. 까치둥지의 재료는 나뭇가지를 사용하지만 촘촘하게 잘 엮어 놓고 진흙으로 틈새를 막아 구렁이나 족제비 같은 적이 침입할 수 없고 비가 와도 새지 않는다. 처음부터 끝까지 둥지를 완성하는 것이 아니라 번식이 시작하기 3~4개월 전부터 주로 수컷이 기초 작업만 하여 예비 둥우리를 마련하고 2~3월경에 암수 공동으로 둥지를 짓는데 40일 정도 소요된다. 둥지를 짓는데 소요되는 나뭇가지는 20cm가량 되는 가느다란 나뭇가지가 800개에서 크게는 1200개가 된다.

하지만 현실은 좀 다르다. 요즘에는 전기시설이 있는 곳에 둥지를 트는 바람에 사람들에게 부담을 주는 경우가 있다. 감전이나 합선의 위험이 있어 사고에 대비해서 한전에서 까치집 소탕 작업을 한다. 지금은 둥지 재료도 변해서 나뭇가지가 아닌 쇠붙이도 사용하고 플라스틱도 들어있다 그들도 사람들의 문화에 공존하기를 원하는 동안 사람과의 관계도 변하고 있다.

까치는 한 번에 6~7개 알을 낳아 어미가 알을 품고 아빠가 먹이를 물어다 어미에게 준다. 사람이 가정을 이루고 자식을 기르듯이 서로 협력하는 모습이 지혜롭다.


나도 지금까지 사는 동안 몇 차례 둥지를 옮겨 다니며 살았다. 내가 처음으로 둥지를 튼 곳은 근무처 회사 사택이었다. 부모님의 곁을 떠나 직장생활을 하면서 혼자서 자취생활을 했다.

두 번째 둥지는 결혼하면서 시부모님과 시동생 넷이 함께 살았다. 일본식 건물이고 연탄을 사용했다. 아랫목에 담요를 펴놓고 밖에서 들어오면 그 담요 속에 발을 묻고 마주 보며 몸을 녹였다. 매섭게 추운 아침에는 세수 대야에 김이 서리는 더운물을 방안에 들고 들어와서 세수도 하고 발도 씻고 걸레를 빨아서 청소했다.

세 번째로 결혼 10년이 되던 해 작은 아파트로 아이 셋을 데리고 이사했다. 시댁으로부터 분가를 한 것이다. 아파트는 중앙 집중식 난방으로 목이 아프게 연탄불 갈지 않아도 되고 항상 더운물 나오니 대야 들고 방에 가지 않아도 되었다. 관리사무소가 있어서 아이들 안전에 도움이 되었다. 20년을 그곳에 살면서 고

3 엄마 세 번 치르고 사위 셋을 맞이했다. 아파트에서 사는 동안 가장 바쁘고 즐겁고 활력이 넘치던 순간이다. 그곳에서 학부모도 되고 할머니도 되었다.

딸 셋이 각자 자기 둥지를 틀고 날아간 후 남편과 나, 둘만 남았다. 아파트가 낡아서 재건축을 하였다. 주공아파트가 e편한 세상으로 이름을 바꾸었다. 오늘은 혼자다. 남편은 손자 돌봐준다고 큰딸 집에 갔다. 남편은 없으면 아쉽고 곁에 있으면 성가시고 이런 변덕이 또 있을까. 남편에게서 전화가 왔다. 별일 없느냐고 묻는다. 아이들이 학교에 다닐 적에는 분주하고 일도 많아서 언제 한번 편히 쉴까 바랐는데 현관문을 열고 들어서니 썰렁하다. 이런 경우를 빈 둥지 증후군이라고 하던가.

둥지를 짓던 까치의 모습이 떠오른다. 까치 부부는 해가 저물자 모습이 보이지 않았다. 몇 번째 만드는 둥지일까. 아이들과 처음 새 아파트로 이사 오던 날 무척 좋아했다. 오늘 집을 짓던 까치 부부는 앞으로의 삶을 생각하며 속삭이고 있겠지. 올망졸망 자라날 둥지 속 새끼들을 상상하며 덩달아 나도 마음이 즐거워진다. 오늘 밤에는 나도 아이들과 분주하게 살던 그 시절이 그리워진다.

# 나의 운전 이야기

　　남편이 승용차 열쇠를 내밀었다. 새벽에는 조용하니 운전해보라고 했다. 내가 면허를 받고 처음이다. 가슴이 쿵쿵거렸다. 조수석에 앉은 남편은 마음을 졸이고 나를 주시했다. 긴장된 마음으로 손잡이를 꽉 잡고 주행 페달을 밟았다. 차선을 따라 앞만 보고 한참을 달리다가 우회전하는 순간 남편이 다급하게 고함을 쳤다. 갑작스러운 고함소리에 깜짝 놀란 나는 급브레이크를 밟고 차에서 내리고 말았다.

　"왜 그렇게 소리를 질러요?"

　긴장된 탓으로 무엇을 잘못한 것인지 모르면서도 나는 화가 먼저 났다. 차가운 새벽 공기가 싸하게 뺨을 스치고 지나갔다. 운전석에서 내가 내리는 바람에 남편도 당황한 기색이다.

"차에서 그렇게 내려버리면 어떻게 해!"

다시 큰소리가 들렸다.

둘 다 마음이 상했다. 내가 방향 표시 깜빡이등을 켜지 않고 차선을 바꾸었다고 지적했지만 내 마음은 이미 삐쳐 있었다. 그 후로 다시는 남편하고 운전 연습을 하지 않았다.

운전은 처음부터 내게 버거운 일이었다. 필기시험 예상문제를 여러 번 읽어도 두 번이나 낙방했다. 실기는 더 어려웠다. 선천적으로 좌우가 헷갈리는 기질이 있어서 곤욕을 면할 수 없었다. 운전지도 선생님이 "핸들 좌로 돌려요." 하는 소리를 들으면서도, 오른쪽으로 돌리는 바람에 낭패를 당하기도 했다. 남편에게 핀잔을 받은 후 도로 가에 서서 질주하는 차를 여러 번 지켜보았다. 거침없이 달리는 차들의 모습이 새삼스럽게 대단하게 보였다. 나는 언제쯤 저 길을 함께 달릴 수 있을까! 하지만 포기할 수는 없었다. 스스로 용기를 냈다. 남편 모르게 10시간 도로연수를 더 받기로 했다. 계약 기간이 끝날 무렵 기사가 "이제 운전해도 되겠습니다."라고 말했다. 그 말에 힘을 얻어 '아벨라 3664' 승용차를 구입했다.

내가 처음으로 자동차를 본 것은 5살쯤 무렵이다. 그 시절에는 차가 귀했다. 신작로에 뽀얀 먼지를 일으키며 달리는 차를 보면 동네 아이들이 뛰어나와 그 뒤를 따라갔다. 비포장도로에서 먼지와 매연을 마셔도 즐거웠다. 어떤 아이는 휘발유 냄새가 좋다고 멀리멀리 따라가기도 했다.

운전하는 모습이 너무 멋져 보여서 장래에 꼭 운전수가 되겠다는 꿈을 품은 소년이 있었다. 학교에 진학하지 않고 트럭 조수로 따라다니며 운전을 배웠다던 병원 구급차 운전기사다. 그는 때때로 지난날을 회상하며 나에게 운전을 배우고 싶지 않느냐고 물었다.

나는 그 사람처럼 운전이 멋져보여서 배운 것은 아니다. 보건소 근무하던 시절에 업무 확장으로 가정 방문간호가 시행되면서 환자를 찾아가는 의료체계로 변화되는 과정에서 운전이 권장 사항이기 때문이었다.

아벨라와 함께 출근길에 나섰다. 차선 변경은 되도록 하지 않고 시내버스 뒤를 따라갔다. 경쟁하듯 쌩쌩 달리는 승용차보다 그게 편했다. 문제는 퇴근길에 발생했다. 우회전 코스에서 갑자기 경적 소리가 요란했다. 옆 차선 승용차 운전자가 창문을 열고 소리를 질렀다. 신호등에 정지 표시가 나오자 운전자는 차에서 내려 창문을 두드리며 문 열라고 호통을 쳤다. 젊은 사람이었다. 난 멍하니 유리창 너머 그의 얼굴을 바라보았다.

"죽고 싶어?"

"아줌마는 집에서 밥이나 하지 왜 나와서 돌아다녀?"

그 사람 차가 좌회전으로 들어오는 것을 보지 못한 것 같았다. 난 입이 딱 붙어서 아무 말도 나오지 않았다.

'나 지금 집에 가고 있는 중이거든.' 하고 혼잣말을 했다. 밤 늦도록 함부로 말한 운전기사의 모습이 떠올라 좀처럼 잠이 오지 않았다.

한번은 차선을 변경하려다 상대방 차를 긁었다. 가슴이 철렁했다. 그 운전기사는 곧바로 차를 갓길에 세우고, 나도 따라서 정지했다.

"많이 놀랐지요. 다친 곳은 없어요?" 하며 의외로 그가 나를 걱정했다. "우리 차는 괜찮으니 걱정 말고 조심해서 가세요."라고….

감사하고 마음이 따뜻했다. 임시 번호판이 붙어 있는 코란도 차였다. 새로 출고한 것 같았다. 같은 차종을 볼 때마다 그 운전기사가 떠올랐다.


운전은 시간이 약이라도 된 듯 갈수록 친숙해졌다. 좀 익숙해진 뒤에 손자 손녀를 태우고 다닐 때 기분이 좋았다. 아이들이 할머니 차를 타고 다니는 것을 자랑스럽게 생각하기 때문이다. 시어머님을 모시고 교회 갈 때도 즐거웠다. 남편이 아파서 병원 갈 때는 운전 배운 보람이 있었다. 그렇지만 늘 부담스러웠다. 나랑 같이 운전면허를 받은 친구는 운전이 엄청 재미있다고 했다. 면허를 받자마자 운전이 하고 싶어서 밤중에 일어나서 순환

도로를 달리곤 했단다. 그런 까닭에 운전 실력이 빨리 늘어서 장거리 여행도 척척 해냈다. 나는 고향 강원도에 가면서 남편과 교대로 운전한 것이 고작이다. 하지만 친정 엄마는 대견하게 여기셨다.

50이 넘어 운전을 시작하고 보니 노안이 걸림돌이었다. 퇴직 후에는 옛날 같지 않고 거리 감각이 둔했다. 비가 부슬부슬 내리던 날이다. 유리창이 흐려지고 차선이 잘 보이지 않아 옆선 차와 충돌이 있었다. 그때 상대 차 속에는 운전자 외에 사람이 보이지 않았는데 보험회사에서 '인사사고'라고 했다. 난 차 밖으로 나오지 못하고 앉아 있었다. 그 일로 경찰서에 다녀오고 자동차 보험금이 올랐다. 남편은 나에게 운전하지 말고 택시를 이용하라고 권했다. 자존심은 상했지만 안전을 위한 일이라서 순응했다.


10년이 넘도록 한 몸이 되어 다니던 아벨라를 폐차장으로 보내던 날 차를 가지러 왔다는 소리를 듣고 방에서 나가지 못했다. 아파트 주차장에 갈 용기가 나지 않았다. 잠시 후 차 소리가 들리자 누가 부르기라도 하듯 달려 나갔다. 아벨라가 뒷모습을 보이며 쓸쓸히 끌려가고 있었다.

"아벨라, 안녕!"

손을 흔들었다. 시야가 흐려졌다. 마음이 아팠다. 사람이든 물건이든 인연이 닿은 곳에는 정이 묻어 있다. 아벨라와 함께한 10여 년 세월이 주마등처럼 스치고 지나갔다.

# 간호사의 단상

　　간호사가 되어 처음 근무한 곳은 일반외과 수술실이다. 교통사고로 한 청년이 응급실에 들어왔을 때 일이다. 출혈이 심하여 수술하지 않으면 생명이 위험한 상태였다. 처음으로 수술실 근무를 하다 보니 마음이 긴장되었다. 상처 부위를 소독한 후 수술포로 환자를 덮고 수술 부위만 내어 놓았다. 의사와 마주 서서 수술 기계를 챙겨주며 수술을 도왔다. 왼쪽 넓적다리가 복합골절되어 절단해야 하는 수술이다. 피부와 근육을 메스로 절단하고 뼈는 톱으로 나무토막처럼 잘랐다. 다리뼈가 절단되는 순간 내 손에 엄청난 무게를 느꼈다. 한쪽 다리가 분리되어 내 손에 들려지는 순간 앞이 캄캄했다.

　　어어! 박 간호사! 의사의 목소리가 아련하게 들렸다.

"정신 들었어요?"

누가 부르는 소리에 눈을 떠보니 내가 병실 침대에 누워 있었다. 함께 수술하던 의사가 한심한 듯 내려다보고 있는 게 아닌가!

"어머! 내가 왜 여기에?"

환자의 다리가 몸에서 분리되어 내 손에 들려지던 순간 느낌이 생각났다. 민망하기도 하지만 간호사로서 수술하다 졸도한 사실은 체면이 말이 아니었다.

60년대 중반에는 정형외과가 많지 않아 골절환자도 일반 외과에서 수술했다. 그 환자는 지역 마라톤 선수였다. 입원 내내 말이 없었고 퇴원할 때 창백한 모습으로 휠체어를 타고 나가던 광경이 내 머릿속에 각인되어 있다. 지금 같으면 절단된 지체라도 봉합해서 재생하는 기술이 있지만, 그때는 그렇지 못했다.

"간호는 사명이 아니고 직업이다."라고 학습을 받았지만 늘 그 해석이 애매했다. 간호는 과학에 근거한 전문직업인이라고 강조했다.

산부인과에 근무할 때, 50대 부인이 일주일 동안 염증 치료를 받았다. 요즘에는 사용하지 않는 페니실린 주사를 매일 맞았다. 물론 피부반응 검사를 하였다. 6일째 되던 날 환자가 주사를 맞고 집으로 돌아가다가 응급실로 실려 왔다. 페니실린 쇼크가 발생한 것이다. 수술실에서 응급처치를 마치고 산소를 흡입시키며 병실로 옮겨졌다. 나는 환자 곁에서 가슴 졸리며 회복을 기다렸다. 간호사가 된 것을 자책하였다.

늦은 오후가 되자 의식이 돌아왔다. 환자는 곁에 앉아있는 나의 손을 꼭 잡아주며 "간호사님 소란을 피워 미안해요."라고 했다. 그 말을 듣는 순간 어린아이처럼 눈물이 왈칵 쏟아졌다. 환자의 손을 맞잡고 살아나서 고맙다고 했다. 그날 밤에는 잠이 오지 않았다. 만약 그분이 잘못되기라도 했더라면 나는 계속 간호사 생활을 할 수 없었을 것이다.


숙직 근무를 하고 있는데 자정이 넘은 시간 어린이가 응급실에 왔다. 숨을 급하게 몰아쉬며 목소리가 나오지 않았다. 디프테리아 증상이 의심됐다. 공교롭게 소아 청소년과 의사가 공석이었다. 큰 병원으로 보내야 하는데 밤중이라 이송절차를 밟을 수가 없었다. 그대로 돌려보내면 생명에 위험을 피할 수 없는 상태로 판단되어 결단이 필요했다.

이송하려면 담당 의사의 오더와 병원장의 결재를 받아야 하는데 그때는 전산시스템도 없고 전화는 다이얼을 돌려 교환수의 연결을 통해서 통화가 가능했으며 사택도 먼 거리에 있었다. 시골 지역이라 의사가 부족한 상태였다. 다음날 진료를 위해 숙직 간호사가 모든 업무를 처리해야 하는 상황이었다.

큰 병원을 가려면 3시간 정도 자동차로 가야 한다. 일단 생명부터 살리고 봐야 하겠다고 결심하고, 숙직 간호사의 직권으로 병원 구급차로 이송시켰다. 결재 절차 없이 병원 구급차를 움직인 것은 사칙 위반이다. 다음날 아침 경위서를 내라는 명령을 받았다. 사표를 낼 작정으로 나의 소감을 적었다.

"아이의 생명과 사칙을 놓고 의료인으로서 우선순위를 정했습니다. 그 시간에 결재를 받을 수 없어서 오직 생명을 살려야 한다는 생각으로 그리 하였으니 처분대로 하여 주십시오."

단호하게 말하고 담담하게 결과를 기다려야 했다. 직원들은 직장생활을 처음 하다 보니 잘 모르고 한 일이라며 안타까운 마음으로 위로의 말을 했다. 오전 내내 운영진의 열띤 갑론을박 끝에 큰 처벌을 면했다. 며칠 후 이송한 아이 부모가 찾아와 조금만 늦었더라면 생명을 잃을 수 있었다고, 병원의 소견을 전하며 고맙다고 인사를 했다.

나의 간호사 초년병 시절은 그렇게 크고 작은 시행착오 속에서 영글어 갔다. 사명과 직업의 경계를 넘나들고 살아온 지난 세월을 돌아보니 정년이 차도록 긴장을 풀지 못하고 살았던 간호사의 삶이 주마등처럼 스쳐 갔다.

푸시킨은 모든 것은 지나가는 것, 그리고 지나간 것은 아름답다고 하지 않던가! 단풍잎이 곱게 물든 가을날 내 푸르른 여름날을 회상하며 그 모든 일들을 견딘 나를 향해 감사의 미소를 보낸다.

# 내 안의 뜰

　　우리 집 앞에는 공터가 있다. 그곳에는 곡식도 채소도 심지 않는다. 하지만 텅 빈 곳은 아니다. 이름 모를 풀들이 빈틈 없이 가득 살고 있다. 복지시설 건축지라고 한다.

　　내 마음에도 뜰 하나가 있다. 내 안의 뜰에도 잡초가 우거져 들꽃이 피기도 하고 독초가 자라서 아프게도 했다. 독초는 뽑고 꽃만 남겨놓고 싶지만 처음부터 구별하기는 쉽지 않다.

　　살다보면 생각과 다른 현실을 만나기도 한다. 나는 직장생활을 하면서 아이들 셋을 키우느라 바빠서 절절매며 뒤돌아볼 겨를도 없었다. 그들을 다 독립시키고 나니 마음이 홀가분하여 이제 자유롭게 살 것 같았다. 그러던 어느 날 다른 곳에 살고 있던 두 분이 나를 찾아오셨다. 친정 엄마는 시골에서 살다가 치매가 와서 혼자서 생활을 할 수 없었고, 시어머님은 둘째 동서 집에서 손자를 돌보다가 장남인 우리 집으로 오셨다. 친정 엄마는 직장 다니는 나를 위해 아이들을 맡아 보살펴 주었다. 모두 나에게는 당당한 분이시다. 두 분은 처음에는 친구처럼 좋아하셨지만 그것도 잠깐이고 어린아이처럼 수시로 삐치는 것이다.

시골 생활에 익숙한 엄마와 서울 생활에 길든 시어머님은 습관과 생각이 늘 달랐다. 시장에서 파 한 단을 사 오면 엄마는 화분에 심어놓고 한 뿌리씩 뽑아 먹으면 된다고 하지만 어머님은 깨끗하게 씻어 적당히 잘라서 비닐용기에 담아 냉장고에 보관하면 편리하다는 차이다. 소소한 일이지만 누구도 양보할 기미가 없다. 나는 그 후로 뿌리 잘린 파를 사기로 했다.

두 어른과 함께 살게 되면서 수시로 발생하는 스트레스는 내 안의 뜰에 뿌리를 내리면서 기쁨과 즐거움을 뽑아냈다. 출가한 딸은 내가 그랬듯이 친정 엄마인 나에게 아이들을 부탁했다. 그들은 내 삶의 자유를 뽑아버렸다. 남편은 퇴근 시간 기다림으로 지치게 하던 일은 없어졌지만 퇴직 후에는 대부분 집안에서 머물고 외출이 드물다.

나는 예전보다 더 편하지도 않고 마음에 쉼도 없었다. 남편은 집안 분위기가 불편해지면 시어머님 방으로 가서 장모님은 몸이 불편하시니 어머니가 참으라고 이야기를 하는 눈치다. 그러고 나면 표정이 굳어진 모습으로 아들이 장모만 좋아한다고 식사를 거른다. 상황 파악 안 되는 친정 엄마는 사돈 어디가 아프냐고 위로한답시고 이야기를 건다. 내 입장은 이러지도 저러지도 못한 채 답답한 시간이 늘어 갔다.

정보지를 통해 수필 교실을 찾아갔다. 수필 공부가 재미있었다. 나의 답답한 마음을 누구에게 하소연할 수도 없는 터라 글로 쓰기 시작했다. 다른 곳에 신경을 돌려보려는 생각이었다. 글로 쓰려면 이론을 정리해야 되고 자기반성도 하게 된다. 그렇게 글을 쓰며 몇 개월쯤 지나자 주위에서 내 얼굴이 밝아졌다고 했다. 남편도 수필을 배우면서 내가 변했다며 좋아하였다.

음악치료가 있다는 말이 있듯이 문학에도 치유의 효험이 있는 것일까. 수필 쓰기를 잘했다고 생각했다. 하지만 내가 등단을 한다는 생각은 엄두도 내지 못했다. 그런데 수필을 지도해 주시던 선생님이 작품을 한번 발표하라고 했다. 수필시대에 「꼴뚜바위」 원고를 보내고 수필로 2010년 11월 신인상을 받게 되었다.

수필 쓰기는 내 삶을 변하게 하였다. 평소에는 스트레스이던 내 환경들이 수필의 자료로 보이는 것이다. 사물을 보는 시각이 더 친밀하게 되고 사람의 삶을 깊이 생각하게 만들었다.

내 안에 힘든 십자가는 다른 사람에게 또 다른 모습으로 존재하고 있었다.

누구에게나 어둠과 밝음이 공존하는 삶의 모습을 보게 된 것이다. 친정 엄마가 노인병원에 입원하신 후「버즘나무」를 쓰고, 시어머님과 살면서「시선」을 창작하였다. 명절에 자녀들이 다녀간 후「추석에」를 쓰고, 블랙스완 영화 관람을 하고는「완벽한 무대」를 쓰게 되었다. 교회에서 주방 봉사를 하면서도「밥」을 썼다.

나는 수필을 쓰면서 삶의 활력소가 생겼다. 이렇게 수필을 사랑하게 된 동기는 좋은 선생님을 만났기 때문이다. 소진 선생님이 살갑게 가르쳐 주시고 용기를 주었다.


들꽃도 가꾸면 화초가 된다. 이제 내 안의 뜰에는 잡초가 아닌 아름다운 이야기꽃이 피어나고 있다. 그 이야기는 내 울타리를 넘어 담 밖으로 나섰다.

수필가란 이름표가 붙었지만 도리어 무겁고 부담스러울 때도 있다. 국문학을 한 것도 아니고 독서를 많이 하지도 못했다. 하지만 내가 할 수 있는 범위 내에서 글을 쓰려고 한다. 언젠가 공터에 복지관이 세워지기를 기다리는 주민들의 꿈처럼, 좋은 수필 쓰기를 꿈꾸면서 변함없이 용기를 주시는 소진 선생님에게 감사를 보낸다.

# 오래된 친구들

　새벽 기차를 타고 서울로 떠났다. 어두움이 골짜기를 날아오르고 차창 밖에 물체가 움직인다. 어제 내린 함박눈이 나뭇가지를 살포시 덮고 있어 겨울나무는 외롭지 않다. 텅 빈 들판은 하얀 옥양목 호청을 펴 놓은 듯 고요하다. 눈 내린 운동장에서 친구들과 숨 가쁘게 뛰놀다 양팔을 활짝 펴고 누워서 눈으로 몸 사진 찍던 시절이 그립다.

　휴대전화가 부르르 떨린다. 친구가 서울역까지 마중 나왔다고 한다. 길눈이 어두운 나를 배려한 것이다. 친구 전화를 받고 나니 마음이 편안하다. 마중 나온 친구는 내 가방을 받아서 메고 앞서간다.

　"가방이 왜 이렇게 무겁니? 딸내미 주려고 많이 챙겨 왔구나."

내 대답은 들을 겨를도 없이 결정한다. 실은 가방 속에 3일분 야채수가 들어 있다. 암세포 성장을 억제한다며 규칙적으로 먹어야 한다기에 진료 예약 일에 맞추어 들고 온 것이 무게를 차지했다.

그는 전철 보호석에 앉자마자 이야기를 늘어놓는다.

"J는 입원 중이야. 애완견 데리고 운동 나갔다가 넘어져서 팔뼈가 골절됐대. 결혼 안 하고 혼자 사니까 편하지만 몸이 아프면 힘든가 봐."

파독 간호사로 외국에서 지내다 얼마 전에 귀국한 친구다.

"K는 오늘이 건물 준공검사 날이라고 늦게 도착한다고 했어. 그 사람은 돈 버는 선수야, 가만있으면 돈이 보인대, 여기저기 땅을 많이 샀나 봐."

얼마 전에 갑상선암으로 수술했는데 잘 회복하고 건강하게 지내.

S는 요즘 시어머니가 혼자되고 집에 오셨는데 친정 엄마랑 같이 모시니 매일 삐쳐서 힘드나 봐. 직장에 다닐 때 친정 엄마가 아이들 다 키워 줬잖아!

이야기에 팔려서 도착역을 두 역 지나서 내렸다.

"여기가 동창회 장소로 소문난 곳이라 전국에서 모여들어."

"건물 안에 노래방도 있고 메뉴도 노인 중심으로 마련해 예약

하지 않으면 좌석이 없어."

타임머신을 타고 딴 세상에 온 듯 노인 일색이다.

총무가 인원 점검이다.

"오늘은 대구에서 정자가 와서 반갑다."

시선이 나에게로 집중되었다.

"이야기 좀 해봐, 많이 힘들지?"

내 소문을 들었나 보다. 속으로 내키지는 않지만, 지난해부터 내전을 시작한 내 몸속의 반란을 보고했다.

"내가 비뇨기과 근무했잖아." 하며 E가 나선다.

"어떻게 치료하고 있어? 먹는 약이야? 넣는 약이야?"

다그치며 묻는다. 나는 BCG요법이라고 하였다. 그는 최근 새로 나온 치료법이라며 이야기를 가로챈다.

"방광암은 병도 아니야. 사마귀 같은 거야. 생기면 떼어내고 또 생기면 떼어 내면 돼."

남의 일이라고 너무 쉽게 말한다는 생각이 든다.

노래방은 스트레스 분출구다. 짓눌린 그리움이 무지개 색으로 뿜어 나오고, 규칙도 없는 춤이 덩실덩실 움직인다. 음표들은 부서지도록 바쁘다. 곡명은 60년에서 70년대를 넘지 않는다. 내 손에 마이크를 넘겨준다. 산장의 여인이다. 어우러지던 소리가 줄어들고 내 소리만 남는다. 노래가 끝나자 평점 100점이 울린다. 난생처음 있는 일이다. 박수가 터져 나온다.

E가 마이크를 받는다. 아슬아슬하게 음정을 이어가며 무사히 끝까지 부르더니 하는 말.

"내가 참 잘 늙었나 봐, 노래가 되네! 내가 젊을 때 음치였는데 지금 노래가 되네."

특유의 익살을 부리는 바람에 한바탕 웃음바다가 됐다.

어둠이 짙게 내렸다. 나는 딸네 집으로 가야 했다.

비뇨기과 친구가 동행을 자처한다. 본인도 길치에 속하지만, 그 길은 자신 있다고 했다. 그는 좌석에 앉자마자 이야기를 시작한다.

"오죽하면 내가 안수기도를 부탁했다니까. 혼자서 아무리 잘해야지 다짐을 해도 금방 지쳐버려. 너무 힘들어서 목사님과 합작을 해도 3일밖에 못 가더라. 내가 간호학을 왜 했는지 모르겠어. 차라리 모르면 좋겠어."

그럴 수도 없잖아. 식사조절, 혈당 측정, 합병증 관리 때문에 종합병원 매일 가야지!

그의 얼굴에는 어두움이 밀려왔다. 남편이 당뇨 합병증으로 시력장애가 오고 대소변 보는 일을 돌봐 주어야 하고, 뇌세포가 줄어들어 치매 현상이 있다는 것이다. 자식에게 다 말 못 하고 혼자서 감당하기에는 본인도 이제는 나이가 들어 힘겹다는 하소연이다.

친구가 마지막 전철을 태워주면서 하는 말.

"방광암으로 죽지 않아. 정자야, 힘내!"

손을 흔들며 점점 멀어지는 그의 모습을 묵묵히 바라보았다. 나는 친구들의 이야기를 온종일 듣기만 했다. 오늘의 만남은 응집된 언어의 반란이었다. 젊은 시절에는 말을 아끼고 다듬고 포장도 하였는데 그런 모습은 보이지 않았다. 발밑에선 눈 녹은 물이 질척거린다. 많은 사람이 물이 흐르듯 묵묵히 앞으로 밀려간다.

친구들도 나처럼 외로움을 타고 있었다. 사람에게는 부모도 자식도 그 외로움 속으로 접근할 수 없는 곳이 있었다. 그곳으로 가는 통로는 동질감이다. 자존심도 경쟁심도 부재된 본질과의 소통이다. 허기진 내 맘속에서 부스스 생기가 돈다.

# 우리의 만남

　카톡 방에 친구들이 모였다. 서로 소식도 모르고 지내던 동창생 20명이다. 초청되는 친구마다 반갑다고 아우성이다. 지금 사는 지역도 다양하다. 졸업 후 50년 동안 소식 없이 지내다 보니 대화가 어색했다. 반말도 존댓말도 익숙하지 않았다. 그러자 한 친구가 "정자야! 너 어디에 살아?" 하고 편하게 말을 트자 대화가 부드럽게 풀어졌다. 모두 할 말이 많았지만, 그중에 기숙사 이야기가 나오자 수다가 폭주했다. 기숙사 생활은 사감이 우리의 일상을 일일이 보살피고, 간섭하고, 꾸중했기에 저마다 추억이 있다.

　원주에 사는 친구가 사감 선생님 소식을 알리자, 모두 좋아하며 한번 만나자고 했다. 4월 7일 12시에 원주 시외버스 터미널에서 만나기로 약속하자, 외국에 있는 사람들은 부럽다고 했다. 60년대 파독 간호사로 가서 그곳에서 정착하기도 하고, 제 3국으로 가서 사는 친구들이다.

우리는 1966년 간호사 면허증을 받아 들고 직장을 따라 헤어졌다. 친구들은 옛 모습을 더듬어 확인하며 환호했다. 모두 곱던 모습은 사라지고 할머니가 되었다. 서로 안고 아이처럼 빙글빙글 돌며 반겼다. 예약된 식당에는 고운 한복에 모자를 쓴 선생님이 반갑게 맞아주셨다. 우리는 선생님의 고운 자태에 잠시 말문을 열지 못하고 감탄사를 연발했다. 준비해온 장미꽃 한 송이씩 들고 인사를 하고, 뜨거운 포옹을 했다.

"선생님 저를 기억하시죠?"

J의 차례가 되자 선생님을 부둥켜안으며 어깨를 들먹였다. 바라보던 우리도 눈시울이 붉어졌다.


"J야! 죽지 마라. 제발 죽지 말아야 해!"

수술대에 붙어서 애달프게 속삭이시던 사감의 모습이 떠올랐다. 사감뿐 아니라 우리 모두의 마음이었다. 산소마스크를 하고 하룻밤을 꼬박 새우고야 호흡곤란에서 벗어났다. 기숙사 식당에서 공급된 복어 탕국이 식중독을 일으킨 사건이다. 쌀쌀한 초가을 아침에 복어 탕국이 참 맛있었다. 먹성 좋은 J는 한 그릇 더 챙겨 먹었다고 좋아했다.

그날 교회로 갔던 학생이 줄줄이 응급차에 실려 병원으로 왔다. 기숙사 학생이 모두 입술과 혀는 마비가 되고 구토와 복통이 발생하여 병원이 비상 상태에 돌입했다. 학교가 큰 위기에 처할 뻔했다. 경찰과 취재진이 들락거리고 우리는 수업을 중단하고 회복을 기다렸다. 일주일 동안 휴강하고 개강하는 날 복어의 독성에 대해서 공부했다.

사람들은 대부분 복어 알 속에만 독이 있는 것으로 알고 있었지만, 껍질과 피 속에도 독성이 있고 자연 독 중에 사망자를 가장 많이 내는 치명적인 독소가 있었다. 청산 나트륨의 1,000배에 달하는 독성이다. 어떤 친구는 그 후부터 복어 음식을 먹지 않는다고 했다. 개별 인사가 끝나자 반장이던 친구가 예쁜 손가방에 우리가 마련한 선물을 넣어서 선생님께 드리며 인사말을 했다.

"졸업 50주년을 맞아 선생님께 감사드립니다. 선생님은 우리에게 많은 추억과 꿈을 이루게 하셨습니다. 늦은 만남이지만 오늘의 만남은 우리 모두에게 보람 있고 행복합니다. 선생님 감사합니다."

이어서 선생님은 우리에게 인쇄물을 한 권씩 나누어 주었다.

'건강을 유지하기 위한 실천 요령과 편안하고 즐거운 노령 보내기'

인쇄물 마지막 장에는 시詩 한 편이 적혀 있었다.

노을을 바라보며

강물은 스스로 제 길 찾아 흐르고
계절은 저마다 오가는데
바람처럼, 구름처럼 가는 인생…

　다시 학생이 된 기분이다. 50년의 세월을 건너뛰어도 어색하지 않은 분위기가 참 좋다. 우리는 입을 모아 우리도 선생님만 같았으면 하고 소망했다. 90이 넘으신 선생님은 정신이 맑고 건강하셨다. 식사를 마치고 노래방으로 갔다. 우리는 흥에 겨워 덩실거리고 춤을 추었다. 선생님도 마이크를 잡고 노래를 불렀다. 우리의 만남은 제한된 시간으로 끝났다. 먼 길을 가야 하는 일정이다 보니 아쉬움이 컸다. 대구로 향하는 차창 밖에는 초록으로 짙어가는 수목이 활기차다. 그땐 우리의 모습도 푸르고 청청했었지! 그동안 긴 세월에 예쁘던 모습이 사라진 친구들의 얼굴을 생각하며 눈을 감는다. 휴대전화에 카톡 방이 없었더라면 우리의 만남이 가능했을까? 휴대전화 벨이 울린다.
　"정자야 잘 가, 담에 또 만나자!"
　인생은 만남으로부터 시작된다. 어떤 만남이든 의미가 있다. 오늘 우리의 만남은 가슴에 울림으로 오래도록 기억될 것이다.

# 풀꽃

　강릉에서 동창 모임을 한다고 연락이 왔다. 새벽에 고속버스를 탔다. 눈을 감고 친구들의 모습과 그 시절 모습을 떠올려 보았다. 단발머리 초등학생 때 모습뿐이다. 우리는 같은 학년이지만 나이가 서로 달랐다. 졸업할 때 열세 살이 있는가 하면 열아홉 살도 있었다.

　한국전쟁으로 인해 학업이 중단된 아이들이 휴전이 되자 한꺼번에 학교에 다니게 되었기 때문이다. 나는 우리 언니와 한 반이었다. 언니랑 같이 있으니 좋은 점도 있지만 그렇지 못한 것도 있었다. 친구들은 언니를 중심으로 뭉쳐 놀았고 내 자리는 없었다. 난 늘 언니의 그늘에 있었다.

전쟁 중에는 학교 건물이 파괴되어 벚나무 가지에 칠판을 걸고 땅바닥에 가마니를 깔고, 옹기종기 앉아서 수업했다. 칠판이라고 하지만 요즘처럼 매끈하고 녹색 빛이 도는 칠판이 아니다. 판자에 먹물을 칠하고 그 위에 마늘을 으깨서 발라 색을 고정시킨 것이었다. 교과서가 부족해서 책 한 권으로 두 사람씩 공부했다. 농번기가 되면 여러 날 학교에 오지 못하는 학생도 있었다. 그럴 때 선생님은 같은 반 학생을 지명하여 가정방문을 보냈다. 내가 찾아간 곳은 4km가 넘는 '솔 고개' 마을이다.

그 집은 먼 길을 찾아간 우리에게 점심으로 밥이 아닌 촉촉한 고동색 가루를 밥그릇에 담아 내놓았다. 꿀밤이라고 했다. 노란 콩가루를 섞어서 먹었다. 배가 고픈 탓인지 고소하고 달콤해서 정말 맛있었다.

꿀밤은 도토리의 또 다른 이름이다. 도토리는 참나무 열매로서 겨울철 다람쥐의 귀중한 양식이다. 참나무는 여러 종류가 있고 종류에 따라 열매 모양과 크기가 다르다. 팽이 모양, 달걀 모양, 동그란 모양이 있다. 모양과 크기가 조금씩 다르지만 사람 눈에는 다 같이 작게 보이기 때문에 '도토리 키재기'라는 말이 있다. 식량이 부족한 시골에서 도토리를 바싹 말려 가루를 만들어 잡곡처럼 식량에 보탰다.

우리 집은 시장에서 곡물상(쌀가게)을 하고 있어 식생활의 어려움은 모르고 살았다. 친구들은 농사를 짓지 않고 시장에 사는 우리 집을 부러워했다.

여름방학이 끝나고 학교에 가면 운동장에 잡초가 무성해져 풀밭이 되었다. 온 학생들이 풀 뽑기를 했다. 쇠비름 같은 것은 쉽게 뽑아지는데 바랭이 풀은 그렇지 않다. 풀잎을 움켜쥐고 당기면 마디만 끊어지고 뿌리는 그냥 땅속에 남아있었다. 호미로 파면 잔뿌리가 넓게 뻗어서 뽑힐 때 흙 한 뭉치를 움켜쥐고 나왔다. 풀 뽑기를 하다 쉴 틈에 풀잎을 따서 입술에 대고 불면 파르르 떨리며 예쁜 소리가 났다. 한 사람이 불면 경쟁하듯 여기저기서 풀피리 소리가 들렸다. 풀피리는 익숙해지면 제법 음의 높낮이와 리듬을 만들 수 있어 노래를 부를 수 있었다.

우리는 졸업 후에 대부분 집에서 농사일을 돕고 여자들은 일찍 혼인했다. 마을에 중학교가 없어 다른 지역으로 유학을 해야 하기 때문이다 더러는 자기 집 사정에 따라 양재학원이나 미용 기술을 배워 직업을 가졌다. 졸업 후에도 언니와 몇 차례 동창 모임을 하였지만 집을 떠나 학교를 다니고 바로 직장 생활을 하게 된 나는 그들과 함께할 기회가 없었다. 60년이 지나도록 한 번도 보지 못한 친구들이 많다.

오래된 기억을 더듬어 보는 사이에 버스는 파도가 출렁이는 동해 해파랑길을 달리고 있었다. 바닷가 풍경이 아름답고 물새가 날고 있는 모습이 기분을 들뜨게 했다.

강릉 터미널에 도착하니 부산에서 도착한 옥인이가 기다리고 있었다. 단발머리 홍안은 간 곳 없어도 서로의 옛 얼굴을 확인할 수 있어 알아보았다. 숙소 경포비치호텔로 가서 짐을 풀었다. 약속시간이 되자 다른 사람도 속속 도착하면서 서로의 모습에서 세월을 느꼈다. 허리에 복대를 착용한 J, 무릎 보호대를 하고 있는 K, 그리고 벌써 세상을 떠난 친구도 여럿이다. 더 늦지 않게 모임에 참석하길 잘했다고 생각했다. 반장이던 순묵이도 힘이 센 창선이도 이 세상에 없다고 했다. 앞장서서 모임을 재촉하던 정로는 정작 나타나지 않았다. 그러다보니 여자들만의 모임이 되었다.

정로는 명랑하고 말을 잘하는 사람이었다. 그는 일찍 한문 공부를 했기에 글자도 예쁘게 쓰고 유식했던 기억이 있다. 비록 중학교는 가지 못했지만 실력을 인정받아 우체국에 취직을 하게 되었고 동대문 우체국에서 정년을 했다고 한다. 저마다의 삶의 모습은 다양했다.

내가 어리숙하다고 기억하고 있던 내 짝 영순이는 완전히 다른 모습으로 변했다. 만나자마자 억척스러운 모습으로 수다를 늘어놓았다. 어릴 때는 묻는 말에 대답도 잘 하지 않던 성격이었는데, 국밥 장사를 해서 집을 장만한 이야기부터 시집살이할 때 힘들었던 사연을 단숨에 실타래처럼 풀어놓았다. 자식들 모두 출가하고 혼자서 텃밭을 관리하며 전원주택에서 혼자 살고 있다며, 다음 모임은 자기 집에서 하자고 설쳤다.

졸업 후 바로 시집간 정녀는 곤드레 농장을 경영하고 하고 있고, 그 지역에서 생산되는 곤드레 전량을 상품으로 가공하여 판매하는 사장님이라고 소개했다. 곤드레 나물은 내가 어릴 때 산에서 나는 산나물로 먹었는데, 부드러운 맛과 향이 그윽하다. 강원도에서는 보릿고개를 지날 때 나물밥으로 만들어 양식을 보탰다. 요즘 곤드레 나물이 단백질, 칼슘, 비타민 등 영양소와 섬유질이 풍부하여 건강식품으로 각광을 받게 되면서 곤드레밥 식당이 인기다. 정녀의 농장은 건조와 가공 포장 작업 과정을 거쳐야 하므로 종업원이 성수기에는 40~50명이 필요하다고 했다.

그들 집에서 여행 떠난 엄마에게 전화가 오기 시작했다. 잘 도착했냐고 묻는 안부 소리에 마음들이 환해졌다. 화제가 바뀌어 서로 자신들의 핸드폰 사진으로 둥지를 공개했다. 일찍 결혼한 탓에 자손들이 많았다. 그들의 삶의 터전도 넓었다. 출세한 자손들의 이야기로 번졌다. 언니는 내가 말할 기회도 없이 내 삶을 대변했다. 그날도 난 여전히 언니 그늘에 있었다.

지난 이야기는 순서 없이 이어지고 자정이 넘어서자 한 사람씩 숨소리가 깊어졌다. 그들은 꿈속에서 풀밭을 걸으며 풀피리를 불어대고 있을 것 같다.

아무도 돌보지 않는 곳에 다소곳이 피어난 풀꽃은 자기만의

향기를 지니고 살아낸다. 바랭이는 후미진 빈터에 뿌리내려 영
토를 차지했다.

　어려운 시대를 묵묵히 견디고 살아낸 그들 삶의 이야기는 함
초롬히 피어난 풀꽃이다. 조용히 자신을 돌아본다. 난 야생화일
까. 화려한 장미꽃일까. 차라리 푸른 풀밭에서 풀꽃을 노래하는
풀피리이고 싶다.

# 둥지교회

　지역 선교센터에서 근무한 적이 있다. 성서주공아파트와 주변에 있는 주민을 대상으로 방문 간호를 하면서 복음을 전하는 선교 사업소다. 지역 사람들에게 무료 의료 혜택을 베풀고 반찬을 제공했다. 소외계층 사람들을 상담하고 사업소에서 일주일에 한 번씩 예배를 드리는 기회를 가졌다. 그럴 때면 목회자를 초빙해서 성경 말씀을 들었다.

　선교 사무소를 매일 방문하는 사람이 있었다. 그는 입만 열면 '우리 목사님, 우리 목사님' 하면서 목사님 이야기를 달고 살았다. 처음에는 관심 밖으로 들었지만 반복되는 바람에 궁금증이 생겼다. 어떤 목사님이기에 성도의 마음을 그토록 차지하고 있는지 만나보고 싶었다. 서재에 있는 둥지교회 목사님을 초빙해서 예배드리면서 알게 되었다. 목사님은 수수한 모습과 부담 없는 대화를 할 수 있어서 친밀감을 주었다.

둥지교회 창립 7주년 기념 예배에 참석했다. 교인들을 보는 순간 이런 곳도 있구나 하고 놀랐다. 중중 장애를 가진 이들과 중복장애를 가지고 있는 사람들이 많았고, 비장애인은 목회자와 사모님 그리고 집사님 몇 분이 보일 뿐이었다. 교인 50명 남짓한 모임인데 환경과는 다르게 모두 밝고 환한 표정이었다. 내가 익숙한 예배와는 다르게 자유롭고 산만했다. 그 후로 목사님은 종종 선교 사업소를 방문해 주었다.

우리 교회 가까이도 저소득 아파트가 있고, 장애인이 많이 살고 있었다. 그들은 쉽게 우리 교회 문턱을 넘을 수 없었다. 다른 사람의 도움을 받아 교회에 와도 이방인 같았다. 내게는 직장을 퇴직한 후에는 목회 간호를 하고 싶다는 욕망이 있었다. 본 교회에서는 그것을 시행하기 힘들다고 생각하면서 둥지교회를 생각했다. 남편은 장로로 나는 권사로 임명받은 처지라 교회를 옮긴다는 것이 가볍지는 않았다. 하지만 그 마음이 조금씩 자라서 결국 우리 부부는 둥지교회로 옮기게 됐다. 남편은 나보다 더 쉽게 환경에 적응하면서 교회시설관리와 장애인 이동 운행에 적극적으로 참여했다.

나는 교인들의 혈당과 혈압을 체크해서 고혈압과 당뇨 환자를 찾아내고 주기적으로 관리하는 일부터 시작했다. 반응이 좋았다. 사람들과 접근성도 유리했다. 시간이 흐르면서 소통이 원활해지고 친밀감이 생겼다. 몇 개월 지나고 개인 개인의 건강도 파악할 수 있었다. 상담을 요청하는 사람도 늘어났다. 그 후로는 목사님과 함께 심방을 다니면서 장애인들의 삶을 알아갈 수 있었다. 비장애인에게는 평범하고 아주 사소한 일들이 장애인들에겐 너무나 소중하고 힘든 일이라는 사실을 체험했다.

시간이 흐르면서 어눌한 언어도, 몸으로 표현하는 마음도 소통에는 지장을 주지 않았다. 어느 순간부터 내 의식 속에서 그들이 장애인이라는 생각이 사라지고 있었다. 함께하는 삶이었다. 길에서 장애를 가진 사람을 보면 반갑고 달려가 말을 걸어보는 습관도 생겼다.

목사님과 함께 홀로 계신 할아버지를 방문했을 때 투박한 손으로 손수 정성껏 점심밥을 준비하시고 환한 모습으로 맞아주시던 분이 있었다. 사랑의 표현이고 진실했기에 그 감동을 잊을 수가 없다. 하지만 모든 사람이 그렇지는 않았다. 발을 들여놓을 틈도 없이 어지럽고 싱크대 위에는 음식 상한 냄새가 진동하는 곳에 가면 목사님은 화장실 청소를 하고 나는 설거지를 하면서 땀을 흠뻑 흘린 적도 있다.

처음 찬양대를 조직하면서 성가대 이름을 공모했다. 둥지를 닮은 이름으로 풀피리 찬양대로 응모해서 내가 당첨됐다. 몇 사람 안 되지만 열정이 있었다. 남편이 성가 대장과 지휘를 담당했다. 성가대는 바닥에 앉아서 찬양했다. 일어설 수 없는 대원들이 있었기 때문이다. 나는 음악에 소질이 있거나 음정 박자에 자신 있는 사람도 아니지만 지금까지 그 자리를 지키고 있다. 처음 은혜를 받은 시간에 성가대에서 찬양하기를 서원했기 때문이다. '호흡이 있는 자마다 여호와를 찬양하라' 하신 말씀에 기대어 버티기를 하고 있는 셈이다.

교회 창립 24주년을 맞이하여 뒤돌아보니 감회가 새롭다. 교회를 서재에서 성서 지역 역세권으로 옮기고, 단독 목회에서 부목사와 교육 전도사 그리고 새 신자 관리 여 전도사도 함께 하신다.

돌아보니 목회 간호로 돕고자 왔지만, 도리어 너무 많은 사랑을 받고 있다. 이제 그 사랑 갚을 수는 없지만 처음 둥지교회에 왔을 때 목사님 은사이신 김충기 목사님의 부탁 말씀을 가슴에 담고 살았는지도 모른다. 주일날 점심 식사를 맡아서 관리할 때 처음에는 부담이 돼서 잠이 오지 않았다. 그럴 때면 너무 잘하려고 하지 말고 오래도록 함께 하라고 말씀해 준 은사 목사님의 말씀이 힘이 되었다.

이제 둥지교회는 200명이 넘는 교회로 성장했고, 자립 능력

도 있다. 교회를 향한 편견이 많은 이 세대에 장애인과 비장애
인이 함께하는 좋은 교회로 성장하기를 기도한다.

# 2부

# 바기오의 추억

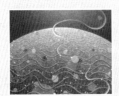

바기오에서의 삶은 외로운 시간이 많았다.
함께 이야기 나눌만한 친구도 없고,
어제와 오늘의 생활이 별다른 것도 없었다.
저녁노을이 황금빛으로 물들고,
태양빛이 사라지면 안개처럼 밀려드는 향수에 시달렸다.

# 지루지 마을 연자매

이른 아침 공원길은 분주하다.

단정한 운동복에 힘차게 팔을 앞뒤로 저으며 걷는 건강한 사람도 있고 몸이 성치 않아 온 힘으로 한 발을 옮기는 사람도 있다. 어떤 사람은 길이 있는데도 길 없는 곳을 찾아 공원 둘레를 더 넓게 걷기도 한다. 나는 '詩가 있는 오솔길' 푯말을 따라 길을 걷다가 공원 모퉁이에서 아담하게 세워진 유적비를 만났다. '지루지 마을 유적비'라고 적혀 있다.

지루지 마을은 앞에는 대덕산과 뒤로는 와룡산이 있어 그 들 가운데로 앞산에서 물이 흘러 감물천을 이루고 냇가에 숲이 우거졌다고 한다. 맑은 샘이 솟아나서 사람들이 모여 살게 되었는데 80여 가구가 모여 마을이 형성되었다. 지루지 마을의 이름은 숲에 까치가 많이 있어 길한 새라 여기고 '喜' 새의 옛말 '于地'를 합성하여 '길우지'를 말로 전해지다 보니 지루지가 되었다고 하고, 또 한 가지 설은 토질이 비옥하여 집터로 좋은 곳으로 여겨 '길우지'로 전하기도 한다는 것이다. 내가 사는 본리동의 이야기다.

지금은 고층 아파트로 숲을 이룬 곳이다. 우리가 처음 이사 온 80년대 초에는 콩밭이었다. 풋풋한 향기가 좋아서 종종 찾던 곳이다. 성당주공아파트 단지는 연탄을 사용했지만 도시가스가 배관되면서 조금씩 달라졌다. 이곳에서 20년을 사는 동안 딸 셋이 무탈하게 자라고 좋은 사람 만나 가정을 이룬 것도 지루지 마을의 집터 설과 무관하지 않다고 여겨진다.

공원 한편에는 사방에 벽이 없는 탁 트인 전각이 보인다. 그 안에는 지루지 마을 연자매가 놓여 있다. 연자매는 두레상보다 훨씬 큰 돌방아다. 돌방아는 윗돌과 윗돌보다 조금 더 큰 아랫돌로 되어 있다. 아랫돌은 밑에 납작하게 놓여 있고 가운데 구멍을 뚫어 고줏대를 박았다. 윗돌은 고줏대를 의지하여 옆으로 세워져 있는데 안쪽은 낮게 반대쪽은 조금 높게 깎아서 언제나 안쪽으로만 돌아가게 한다. 윗돌에는 나무로 방틀을 씌우고 방틀 끝에 소나 말을 매어 돌아가게 한 맷돌이다.

지루지 마을 사람들이 기름진 땅에서 벼농사 보리농사를 추수하면 겉곡식을 찧어내던 공동 방앗간이다. 벼 한 가마니를 벗기는데 두 시간 정도 걸리는 성능이다 보니 이웃 마을에서까지 와서 사용하던 동네 큰 일꾼이라고 소개되어 있다. 지루지 마을 사람들이 180년 전 논공 금호동 들깨 장에서 공동으로 사들인 것으로 6.25 전까지 사용하였다고 한다. 나는 손바닥으로 연자매를 쓸어보았다. 보기에는 울퉁불퉁하였는데 촉감이 매끄럽다. 지루지 사람들의 삶이 절어 든 흔적이다.

발동기나 정미소가 없던 시절에는 집집마다 절구를 사용하였다. 절구는 통나무를 깎아서 만든 것과 큰 돌을 깊게 파서 만든 것과 무쇠로 만든 것도 있었다. 공이는 야구방망이를 닮았는데 양쪽을 다 사용한다. 한쪽은 성글게 찧고 반대쪽은 곱게 찧도록 되어 있다.

시어머니와 며느리가 마주 서서 보리방아를 찧는 경우가 많았던 시절에는 보리방아 물 부어 놓으면 시어머니 생각이 난다는 말이 있으니 절구질은 힘든 일이었다. 그 보다 규모가 더 큰 방아는 디딜방아다. 디딜방아는 한 마을에 몇 집뿐이다. 디딜방아가 있는 집을 방앗간 집이라고 부르며 공동으로 사용하는 경우가 많다. 우리 할머니 댁에 디딜방아가 있었다.

디딜방아는 세 사람이 일을 한다. 명절에 떡살을 찧을 때면 어머니와 숙모는 방아를 밟고 할머니는 수건을 머리에 쓰고 확 앞에서 찧어진 쌀가루를 체에 곱게 내린 다음 무거리는 다시 확 속에 넣기를 반복한다. 할머니는 방아 공이가 높이 올라간 사이에 재빠르게 가루를 꺼내야 한다. 그때마다 나는 마음이 조마조마했다. 어머니와 숙모는 두런두런 이야기를 나누며 방아를 밟았다.

그날은 두 사람이 먼 산을 바라보며 표정이 굳어 있었다. 앗! 하는 할머니의 비명과 함께 손에서 붉은 피가 하얀 떡가루 속으로 흘러 내렸다. 엄마와 숙모가 어찌할 바를 몰라 쩔쩔매던 모습이 아직도 생생하다. 그 후로 할머니의 새끼손가락은 펴지지 않았다.

디딜방아는 마음이 화평하지 않으면 일할 수 없는 방아였다. 물레방아는 디딜방아 모양이지만 물이 떨어지는 힘으로 방아를 찧는다. 혼자서 확 앞에서 곡식을 넣어주고 꺼내면 된다. 디딜방아보다 더 성능이 좋아서 마을 사람들이 공동 방앗간으로 이용하였다.

지루지 마을 사람들은 일 년 농사를 마치면 연자방앗간에 모여들었으리라. 연자방아는 소나 말이 일을 하고 사람들은 오랜만에 만나서 안부를 물으며 담소를 나누는 화합의 장소로 이용되었으리라. 기계문명이 발달하면서 발동기와 정미소가 생기고 가정마다 각종 분쇄기를 사용하게 되면서 방앗간 문화는 사라지고 말았다.

농사를 천직으로 알고 살던 지루지 마을 사람들은 60년대부터 도시개발 사업이 시작되어 농토를 잃어버리게 되고 생업을 따라 뿔뿔이 흩어지게 되었다. 풍요롭던 감로천은 복개도로가 되어 흔적이 없다. 마누라 없이 살아도 장화 없이 못 산다는 지루지 땅은 모두 아스팔트 포장 밑으로 사라졌다.

　지루지 마을 후손들이 삶의 흔적을 찾아 공원 한 모퉁이에 복원된 마을 연자매는 고향의 할머니 댁을 떠오르게 했다. 지금은 디딜방아와 마을의 실상이 사라졌지만 모두 사라진 것은 아니다. 전각 속에 연자매와 함께 후손들의 마음에 그리움으로 살아 있다.

# 순천만 짱뚱어

　　순천만 습지에는 짱뚱어를 비롯한 수많은 종류의 생물들이 살고 있다.

　가을에는 연보랏빛 갈대꽃이 장관을 이룬다. 다양한 철새가 각처에서 찾아와서 겨울을 보낸다. 순천만 갈대숲 사이로 흐르는 물길은 S자를 만들며 여유롭게 흐른다. 관광객은 생태탐조 투어선을 타고 순천만 갈대숲을 돌아본다.

　맑은 가을 햇살이 개펄 위에 반짝인다. 물 빠진 펄 구멍에서 짱뚱어 한 마리가 나온다. 머리 폭이 넓고 눈이 툭 튀어나와 개구리 눈을 닮았다 아랫눈시울이 발달하여 눈을 감았다가 떴다 한다. 등지느러미는 커다란 날개를 단 것처럼 보인다. 가슴지느

러미로 개펄 위를 기어 다닌다. 펄 흙이 온몸에 묻어있어 움직이지 않으면 눈에 잘 띄지 않는다.

짱뚱어는 망둑어과에 속한 물고기로 겨울잠을 자는 습관이 있어 11월부터 4월까지 겨울잠을 잔다. 잠이 많은 물고기라고 '잠퉁어' 라고 부른 것이 변하여 짱뚱어가 되었다. 짱뚱어는 개펄 속 미생물이나 플랑크톤을 먹고 산다. 물고기라면 맑은 물에서 날렵하게 헤엄치는 모습을 연상하게 되지만 개펄에 사는 물고기다 보니 그런 모습은 없다. 인공 양식은 할 수 없고 개펄이 살아 있는 곳에서만 살아간다.

펄은 이 고장 사람들의 삶이 묻어 있는 생활 터전이다. 썰물때가 되자 물이 빠진 개펄 위에 사람들이 모여든다. 나이 든 할머니 한 분이 구멍에 손을 넣고 짱뚱어를 잡는다. 짱뚱어는 날렵하게 펄 속으로 숨어버린다. 이때 흙먼지를 일으키며 시야를 흐리게 한다.

짱뚱어는 높은 곳에 올라 일광욕을 즐긴다. 빨판을 이용해서 콘크리트 벽에 붙어 있기도 하고, 펄 위를 기어 다니다가 등 부분이 건조해지면 펄 위에 굴러 몸을 축여 준다.

짱뚱어는 펄에 구멍을 파고 집을 짓는데 위기를 대처하기 위해 구멍 중간에 별도의 굴을 몇 개 뚫어 두어 비상구로 이용한다. 사나운 놈은 게가 파놓은 구멍을 차지하고 도리어 겁 없이 대들어 싸우는 경우도 있다고 한다. 1m 깊이까지 펄 속을 파고

들어가 먹이를 찾는 생명력을 가지고 있다.

뻘 속에 묻혀 있는 퇴적 플랑크톤을 먹기 위해 내려가지만 죽은 개펄 생물을 분해해서 갯벌이 썩지 않게 한다. 순천만이 깨끗하고 비린내가 나지 않는 것은 짱뚱어의 분해 작용 때문이다.

순천만 생태공원 입구에는 짱뚱어 요릿집이 즐비하다. 짱뚱어 요리는 튀김, 찌개, 조림, 구이가 있다. 짱뚱어탕은 이 고장 식당의 특별 메뉴로 관광객들에게 인기가 있다. 짱뚱어는 다른 바닷물고기보다 뛰어난 보양 성분을 함유하고 있다. 우리 일행도 짱뚱어탕을 먹었다. 추어탕처럼 야채를 많이 넣고 양념을 해서 끓인 짱뚱어탕은 비린내가 없고 담백하다.

순천만 갈대는 촘촘하게 그들의 영토를 만들고 있다. 갈대는 모여 있어서 아름답다. 다른 종류의 식물이 들어설 틈새를 주지 않는다. 갈대숲은 순천만을 찾아 온 철새들에게 보금자리를 제공한다. 순천만 철새는 흑두루미 700여 마리를 비롯해서 2만 마리 정도의 다양한 새들이 찾아온다. 댕기머리물떼새, 청둥오리, 백로, 흑두루미, 재두루미, 저어새 등이다. 그중에 흑두루미는 가장 인기가 있다. 천년기념물 제228호 흑두루미는 장뚱어를 먹고 산다.

해설자는 흑두루미를 한 번 보면 3년이 길하다는 말로 시작했다.

흑두루미는 몸길이가 76cm의 대형 조류다. 러시아에서 10월쯤 날아와 순천만에서 4월까지 서식한다. 보통 일 년에 두 개의 알을 낳아서 기르지만 근래에 새끼를 한 마리만 기르는 경우가 늘고 있다. 가족계획을 한 것이 아니고 문명이 가져다준 스트레스 때문이라고 한다. 해설자는 소음을 줄이기 위해 마이크 사용 대신 이어폰을 관광객들에게 나누었다. 성격이 예민한 흑두루미를 자극하지 않으려는 방법이다.

가까운 거리에서 흑두루미를 보았다. 두 마리가 함께 나란히 서 있다. 날렵한 자태가 품위 있다. 그들은 가족끼리 서너 마리씩 모여 있다. 바쁘게 먹이를 찾는 모습은 보이지 않는다. 무리를 지어 즐겁게 놀고 있는 것도 아니다. 먼 곳을 바라보고 서 있다. 고요한 모습이다. 하늘을 날아오르는 모습은 우아하고 아름답다. 사람들은 흑두루미 자태에 매료되어 시선을 뗄 줄 모른다. 순천만은 갈대와 흑두루미가 사람들의 인기를 독차지한다.

짱뚱어는 인기도 없고 그 존재에 관심을 두지도 않는다. 하지만 정작 순천만을 지키고 아름답게 만드는 일은 갈대도 아니고 흑두루미도 아니다. 도리어 흑두루미를 살리는 밥으로 희생되는 짱뚱어다.

짱뚱어가 사라지는 날이면 흑두루미는 오지 않을 것이다. 사람 사는 세상 속에도 짱뚱어 같은 사람과 흑두루미 같은 사람이 살고 있다. 아름다운 자태를 뽐내며 다른 사람의 희생을 먹고 사는 사람도 있고, 자기를 내주어 다른 이를 살리는 사람들도 있기에 세상은 유지되고 있다. 나는 순천만에서 흑두루미를 보았지만 마음속에는 짱뚱어를 가슴에 품고 돌아왔다.

# 세금천 돌다리

　어슴푸레 밝아오는 새벽 창밖을 보았다. 아스팔트 위에 물기가 촉촉했다. 밤새 비가 내리더니 그쳤다. 나는 미소를 머금었다. 수필 아카데미 여행길에는 비가 오지 않는다는 신념이 있기 때문이다. 웃기 위해 한 말이지만 늘 그랬다. 하지만 3일 동안 비가 내린다는 일기 예보도 있었기에 슬그머니 걱정했던 모양이다. 구름이 살짝 가려준 좋은 날씨였다.

　우리가 도착한 곳은 충북 진천에 있는 세금천 돌다리다. 충북 유형문화재로 지정된 세금천 돌다리는 강폭은 그리 넓지도 않고 강물의 수량도 많지 않았다. 다리는 돌을 조화롭게 쌓아 돌기둥을 만들고 넓고 튼실한 돌은 올려놓았는데 멀리서 보면 다리가 지네 형상을 닮았다고 농 다리로 불렀다. 물줄기는 28개로 나뉘어 흐르고 돌기둥은 29대다. 돌은 붉은빛이 도는 단단한 대리석이다. 물고기 비늘 모양으로 돌을 쌓아 물이 많이 흐르더라도 떠내려가지 않는 건축양식이라고 했다.

전시관 화면을 통해 나오는 전설에 의하면 고려 고종 때 임연(1270년) 장군이 아침에 세금천에서 세수를 하고 있었는데 강 건너편에 젊은 부인이 강을 건너지 못해 애를 태우고 있었다. 친정아버지가 돌아가셨다는 소식을 듣고 친정으로 가려는 길이었다. 딱한 사정을 듣고 임 장군은 당장 용마를 타고 하루 만에 돌을 실어 날라 다리를 놓아 건너게 했다. 전설 내용이 사실과 같지 않더라도 마음 따뜻한 이야기다. 엄청난 돌을 옮겨 다리를 만들려면 많은 인력이 동원됐을 것이고 석공들이 여러 날 일했을 것으로 짐작된다. 지금처럼 지게차나 굴착기 같은 건축기계가 없는 시절에 큰 돌을 어떻게 운반했을까. 옛날 사람들은 지금보다 힘이 셌던 모양이다.

다리를 건너 작은 언덕을 넘으니 넓은 초평 호수가 햇살에 반짝이고 있었다. 호수 둘레길이 나무판자로 되어 있어 걷는 소리도 경쾌하고 편했다. 호수에 드리운 산 그림자가 한 폭의 수채화 같았다. 호수의 절반쯤 지나서 '하늘 다리'가 있었다. 호수 위에 놓인 '하늘 다리'는 흔들림 있어 즐겁기도 하지만 어지럼증도 동반했다

나는 어릴 적에 산 높고 골 깊은 강원도 벽촌에 살았다. 초등학교 선생님이 처음 부임해 오면 하늘이 너무 좁다고 했다. 산이 사방으로 둘러있어 산과 산을 건너는 다리가 있으면 좋겠다고 상상하면서 살았다. 집 마당에서 산꼭대기까지 사닥다리를 놓고 높은 산에 올라가고 싶었다. 잠이 들면 꿈속에서 날개를 달고 골짜기를 훨훨 나는 꿈을 꾸기도 했다. 어느 날 영월에 나갔다가 '하늘 다리'를 보았다. 석탄 광업소에서 채굴한 석탄을 운반하는 케이블카다. 산과 산을 건너는 케이블카를 보고 나는 '하늘 다리'라고 불렀다. 높은 곳을 오르내리는 에스컬레이터를 타면서 산에 오르고 싶던 사닥다리처럼 느껴졌다.

우리 집 앞에는 아침이면 쪼르르 달려가 세수하고 빨래하던 개울에 돌다리가 있었다. 넓고 큰 돌을 일정한 간격으로 늘어놓아 어른들은 성큼성큼 건너다녔다. 비가 많이 내리면 돌다리는 물속에 잠기고 물이 빠지면 여전히 그 자리에서 버티고 있는 잠수교다.

응달 마을과 우리 동네는 시냇물보다 큰 강이 흘렀다. 그곳에는 섶다리가 놓여있었다. 섶다리는 돌을 쌓아 기둥을 만들고 기둥과 기둥사이에 싸리나무나 소나무를 걸쳐 흙으로 덮어 길처럼 만들었다. 섶다리는 장마철이 되면 해마다 떠내려가고 돌기둥만 덩그렇게 남는다. 장마가 그치고 양쪽 마을에서 모여 다시 다리를 놓는 날에는 온 동네에 활기가 돌았다.

운동회 날이 되어 응달 마을과 양달 마을 사이에 줄다리기 경기가 있을 때는 온 동네가 축제 분위기고 화기애애했다. 섶다리는 양쪽 마을에 소통의 길이다.

'하늘 다리'를 건너 '기분 좋은 가게' 앞에서 친구가 마련해 온 커피를 마셨다. 진천에는 지명들이 예쁘고 신선했다. '生居進川'이란 커다란 글자가 산허리를 두르고 있다. 약속 시간이 되어 아름다운 풍광을 뒤로하고 되돌아 나왔다.

호수에서 보트를 타던 여학생들의 시끌벅적 기분 좋은 비명이 골짜기를 울렸다. 농다리 위에는 많은 사람이 사진을 찍고 있다. 저음에는 농다리 밑으로 장정이 걸어 다닐 정도의 높이라고 하는데 지금은 강바닥이 높아져서 다리 위에 앉아서 손을 씻을 정도다. 천년의 세월이 흐르는 동안 농다리는 얼마나 많은 사람들이 건너다녔을까. 짚신 신은 사람, 검정 고무신을 신은 사람, 무지막지한 일본 사람의 군화까지 파란 많은 세월을 보내는 동안 돌기둥은 움푹 파이기도 하고 쏙 내밀기도 하고 물에 닳아 매끈매끈하다. 물소리는 흐름 속도에 따라 크게 작게 속살거리며 무심하게 흐르고 있다.

1,000년 가까이 고향을 지키는 농다리를 보면서 옛날 고향 모습이 떠올랐다. 빨래터는 개울 바닥이 높아져 물 흐름도 없고, 장마철이면 떠내려가던 섶다리는 보이지 않았다. 높다란 철근

콘크리트 다리가 놓여 자동차도로가 되었다. 농다리처럼 고향을 지키지 못한 것이 서운하다. 세금천의 풍광은 위치에 따라 석양빛이 아름답게 보인다. 강가에 늘어진 버드나무가 우리를 배웅이라도 하는 듯 바람에 흔들리고 있다.

# 소쇄원에서

    소쇄원 가는 길에 대나무 숲이 있었다. 대숲을 누비며 닭들이 먹이를 찾는 모습이 한가롭다. 할머니 댁이 산 밑에 있었다. 뒷마당은 숲이 있고 마당에는 병아리를 데리고 모이를 찾던 어미 닭 모습이 생각난다.

    졸졸졸 흐르는 물소리가 정겹다. 지난밤에 내린 비에 말갛게 씻어진 대나무 잎이 빗살처럼 반짝인다. 햇살이 눈부시다. 심호흡으로 몸속 깊이 대나무 향을 채우고 소쇄원 비탈길을 오른다. 움푹 페인 곳에는 물이 고여 있고 길가에 들꽃이 다소곳이 반긴다. 하늘을 찌를 듯이 빽빽이 솟아오른 대숲을 지나 소쇄원을 찾았다.

소쇄원은 중종 때 조광조가 기묘사화로 유배되자 제자였던 양산보가 낙향하여 은둔처로 조성한 별서 정원이다. 양산보의 호를 딴 것으로 깨끗하고 시원하다는 의미를 가진다. 조선시대에 만들어진 민간 원림 가운데 디자인 면에서나 구성 면에서 으뜸이다. 큰 암반으로 이루어진 계곡과 그 사이를 흘러 떨어지는 물줄기가 웅골차다. 수많은 나무와 화초, 몇 단의 돌 축대와 단아한 건물들이 아담하다.

소쇄원 건축은 자연을 허물지 않고 자연스럽게 경사면을 살리고 단으로 처리하면서도 자연에 대하여 거부반응을 일으키지 않게 공간 부분이 잘 연결되어 있다. 담장에 박힌 애양단愛陽壇은 따뜻한 담으로 둘러싸인 마당이다. 부모님의 따뜻한 정을 느끼게 하는 효의 공간으로, 겨울에 눈이 내리면 가장 빨리 녹는 곳이다.

계곡물이 다섯 번을 돌아서 내린다는 오곡물이 흐른다. 오곡문은 찾아온 손님이 주인의 응답을 기다리는 조그만 누각이다. 때로는 찾아올 손님을 마중을 하는 문이기도 하다. 오곡문 앞에는 계곡물이 흐르고 돌담 밑은 햇볕이 강하다. 제월당에 가려면 외나무다리를 건너야 한다. 오래된 돌다리가 보인다. 500년이 넘게 그 자리에 있다. 돌다리는 큰 돌 두 개로 되어 있고 가운데 돌기둥 3개가 포개져 있다. 긴 세월 스치고 흘러간 물로 인하여 모나지 않게 마모되어 물 흐름에 저항하지 않는다. 많은 사람들의 삶이 지나간 흔적을 머금고 있다.

제월당은 선비들이 모여서 시를 읊고 학문을 하는 곳이다. 외나무다리를 건너 돌계단을 오르면 넓은 정원이 제월당을 두르고 뒤편에는 언덕 위에 야생화가 다정스럽게 피어 있다. 일행은 제월당 대청에 올라 옛 선비들의 흔적을 읽으며 사색에 잠긴다. 나뭇잎 사이로 높고 푸른 하늘을 보며 산새 소리에 귀를 기울인다.

양반이 문과와 무과 중 어느 하나에 급제하여 관록을 먹고 살아가는 관료 계급이라면, 선비는 비록 과거에 급제하거나 벼슬길에 오른다 하더라도 그 관록과 지위와 상관없이 예도를 지키며 청빈하게 살아가는 사람들이다. 처음부터 벼슬을 거부하거나 임금의 부름에도 응하지 않고 향리에 묻혀 학문을 연구하는 한편, 후학들을 양성하기 위해 몸 바쳐 온 지성인들을 말한다. 비록 초가삼간에 묻혀 산다 해도 바르지 못한 행위로 배부름을 구하지 아니하고, 자연을 사랑하며 시, 서화를 즐기는 이들이 선비다. 그런 삶속에서 학문을 하고 글을 쓴다면 아름답고 순수한 작품이 나올 것이라고 생각하며 광풍각에 이른다.

광풍각은 선비들이 휴식을 즐기던 곳으로 사면이 들문으로 되어 있다. 문은 옆으로 혹은 앞으로 여는 것이 아니고 위로 올려놓고, 선반대용으로 사용하기도 하였다. 누각의 뜨락 밑에는 계곡물이 흐르고 몇 사람이 목욕을 할만 장소도 있다. 거기서 선비들은 몸을 씻기도 하고 담소도 나누었으리라. 조금 위쪽에는 두터운 암반 위로 미끄러지듯 흐르는 물이 작은 폭포와 흡사하다. 시원한 바람, 맑은 공기, 오염을 모르는 자연의 속삭임 속에서 동양화를 그리며 누리던 사람들이 부럽다.

청빈의 삶이라 하던가. 전래동화에서 읽어본 적이 있는 선비들 중에는 소나기가 쏟아져도 뛰지 않고, 냉수를 마시고 이를 쑤신다하여 은근히 빈정거림으로 현실감각이 없는 사람으로 인식되기도 한다.

소쇄원은 당대 최고의 선비들이 풍광을 관상하며 여유를 즐긴 장소다. 정철, 송시열 등 최고의 지식인들이 이곳을 드나들며 사유와 만남의 지평을 넓힌 곳이다. 조선 시대 선비들에게는 수양과 학문뿐 아니라 풍류와 교류 또한 선비문화의 형성에 주요한 일이었다. 그를 위한 장소인 정자나 별서를 경영하는 일은 곧 그들의 정신세계를 나타내는 산실이었다.

소쇄원 분위기는 그 시대의 생활을 엿볼 수 있다. 혼돈스러운 나라를 대대적으로 개혁하려던 선비의 실패를 간직한 곳에서, 지금도 여전히 사회의 갈등과 사상의 대립이 공존하는 모습을 돌아본다.

# 청보리

　고창 청보리밭에 갔다. 밭은 온통 초록 세상이다. 잎도 이삭도 수염도 초록이다. 보리가 여물기 전 초록색 보리를 청보리라 부른다. 보리밭 30만 평이 초록빛 수평선을 이루고 있다. 겨울 추위를 꿋꿋이 이겨낸 보리들이다. 고창 보리밭은 보리 경작을 마치고 나면 메밀을 심어 가을에 메밀꽃 축제를 한다. 이효석 작가는 강원도 평창 메밀꽃을 소금을 뿌린 듯하다고 말했다. 이곳 메밀꽃은 팝콘을 쏟아놓은 것 같다고 한다. 청보리밭 주위에는 유채꽃이 넓게 피어 함께 조화를 이루고 있다.

　보리밭 사잇길로 관광객들이 알록달록한 옷차림으로 걷고 있다. 여기저기 포토 존에서 멋진 포즈로 사진을 찍는다. 아이들은 보리피리를 만들어 삘릴리삘릴리 불며 다닌다. 옆에 가던 친구가 보리피리를 만들어 내게 주었다. 보릿대의 싱그러운 풋 냄새와 부드러운 촉감이 신선하다. 힘껏 불어보았지만 보리피리는 소리가 나지 않았다. 어릴 적 기억이 떠오른다. 입에 대고 불던 풀피리가 입술을 간질이던 생각을 하며 동심으로 돌아가 아이처럼 깔깔거렸다.

보리 이삭 사이에 깜부기가 보였다. 깜부기는 처음에는 보리와 똑같아서 이삭이 나오기 전에는 구별하기 어렵다. 누군가 뽑아버린 깜부기가 길바닥에 흩어져 사정없이 밟힌다. 천국 비유가 생각났다.

"농부가 밭에 나가보니 알곡을 심었는데 가라지가 나와서 가라지를 뽑으려다가 곡식까지 뽑을까 염려되어 추수 때까지 기다린다고 했다."

농부의 인내력을 나타내는 모습도 있지만 세상을 바라보는 심판 주를 의식해 본다.

보리는 껍질이 알맹이에 밀착하여 분리되지 않는 겉보리와, 잘 분리되는 쌀보리가 있다. 겉보리는 맥주와 엿기름 만드는데 많이 쓰이고, 쌀보리는 식량으로 사용한다. 쌀보리 중에 찰기가 많은 것은 찰보리다. 흑 보리는 검은색을 띄고 있으며 다른 식품보다 항산화 효과가 많이 있어 주문 생산을 한다고 했다.

요즘에는 식량이 풍부해지고 보리 소비가 점점 줄어들었다. 나라에서는 보리 경작 농민들의 소득을 보장하기 위해 관상용 재배와 산업용 재배로 바꾸었다. 고창 보리밭은 1994년 4월 관광농원으로 지정을 받았고, 2004년부터 우리나라 대표 경관 농원이 되었다.

60년 전만 해도 우리나라에는 보릿고개가 있었다. 고소하게 볶아진 보릿가루가 아이들의 간식이고 밭에서 일하는 어른들에게는 더운 날 냉수에 타서 마시는 음료수였다. 보리타작이 끝나면 보리 개떡으로 간식을 만들었다. 보드라운 보리 겨에 밀가루와 강낭콩을 넣어서 둥글넓적하게 만들어 가마솥에 쪄낸다.

그 여름 보리 개떡을 찌던 날의 일이다. 우리 집 흙담 밑에서 보리 북데기를 태우고 있었다. 보리 북데기 속에서 불꽃이 살아서 흙담 지붕으로 붙어 올랐다. 나는 불이 날지 모른다고 생각하고 어머니에게 알리려고 부엌으로 뛰어갔다. 부엌에 들어서는 순간 달착지근한 개떡 냄새가 코를 찔렀고, 어머니는 나를 보자마자 개떡을 꺼내 주셨다. 떡을 받아 들고 먹는 동안 밖에서 "불이야!" 외마디 고함소리가 들렸다

불길은 순식간에 초가지붕 위로 붉게 솟아올랐다. 빨랫줄에서 내가 아끼던 옷들이 타고 있을 때 목 놓아 울었다. 내 마음속에는 화재로 낭패를 당한 것이 내 탓 같아서 어머니에게 흙담 위로 불길이 올라가더라는 말을 끝내 하지 못했다.

보릿대는 아이들의 장난감 만들기 재료였다. 나는 매끈한 보

릿대를 준비하고 차분하게 앉아서 사각형이나 육각형으로 밑받침을 만들었다. 모서리마다 보릿대를 끼워 빙빙 돌려 엮어 가면 위로 올라갈수록 내공이 좁아지다가, 마지막에 모두 한곳에 모이면서 마무리가 된다. 나선형으로 된 여치 집에 초록색 여치를 넣어 처마 끝에 달아두면 달밤에 치르르치르르 여치가 울었다.

농장 직영 식당에서는 보리 새싹 비빔밥을 먹었다. 보리 새싹은 파종한 후 20cm가량 자란 보리다. 보리 새싹에는 혈당과 콜레스테롤을 내려주고 다량의 식이 섬유질과 비타민C, 칼슘, 칼륨, 미네랄이 풍부하여 인기 있는 식품으로 등장했다.

농작물 판매소에서 보리와 메밀을 상품으로 가공하여 판매했다. 보리차, 보리 미숫가루, 엿기름, 메밀쌀, 메밀가루, 메밀묵가루, 메밀국수, 보리쌀, 찰보리쌀 등이다. 그중에 보리 미숫가루가 반가웠다. 어릴 때 먹던 기억이 나서 한 봉지 샀다. 한국전쟁 후 새마을운동을 기점으로 휴일도 없이 경제발전에 노력한 결과 보릿고개가 사라지고 청보리 경작으로 관광 시대를 열었다. 시대의 흐름에 따라 입맛도 달라졌는지 보리 미숫가루는 예전 맛은 아니다. 내 입도 상품화된 입맛에 익숙해져 순결을 잃어 버렸나 보다. 그 옛날 보리 이삭 줍던 기억을 더듬으며 감사 기도를 올린다.

# 향제를 보며

　가락국 시조 후예들의 향제다. 많은 사람이 유림의 의상을 챙겨 입고 담장 밖에 나란히 앉아 있고, 담장 안에는 궁중복색을 한 후손들이 출입문을 통하는 길을 가운데 두고 양쪽에 백 명이 넘게 줄지어 서 있다. 그들은 진행자의 호령 소리에 맞추어 제단이 있는 방으로 들어가 제를 올린다.

　모두가 낯설고 신기하다. 문화관광이라는 생각만 하고 일행을 따라나섰다가 행사에 이방인이 된 나는 멀찍이 서성거리며 바라보았다. 예식의 절차는 복잡하고 엄숙하다. 사극을 보고 있는 것 같은 착각이 든다. 김해 김씨 후손들의 모습이다. 사람마다 '우리 할아버지께서', '우리 할머니께서'라고 부르며 선조들의 이야기를 자손들에게 자랑스럽게 들려주는 모습에 생기가 넘친다.

　수로왕은 서기 42년 고구려, 백제, 신라가 부족사회를 거쳐 고대국가를 형성하던 시기에 하늘에서 여섯 개의 알이 금상자에 담겨 내려왔는데 그 알에서 여섯 사람이 깨어났다. 그중에 제일 먼저 깨어난 사람을 수로라 하였고 금상자의 이름을 이어 김 씨로 불렀다. 가락국을 건설한 수로왕의 이야기들은 대부분 신화적이어서 믿기는 어렵다. 밀양 박씨 시조 박혁거세도 알에서 나왔다고 한다. 한국 고대 국가 성립기에 흔히 보이는 건국 신화와 비슷하다는 생각이 든다. 가야국은 현재의 경남과 부산을 중심으로 경북과 전북의 약간을 포함한 지역에서 위치하고 있었다. 가야국은 532년(법흥왕 19년) 신라에게 멸망했다.

　김수로왕부터 구형왕까지 490년의 역사다. 수로왕릉과 왕비의 능을 돌아보았다. 수로왕은 42년부터 199년까지 157년간이나 제위에 있었다고 삼국유사 가락국기에 전하고 있다.

　인조 25년에 세운 왕릉은 '가락국 수로왕릉'이라고 새겨져 있다. 무덤의 높이는 5m이고 주위 18,000여 평이 왕릉 공원으로 조성되어 있다. 고려 문종 때까지는 보존 상태가 좋았으나 조선 초기에 많이 황폐하여 선조 13년 수로왕의 후손인 허엽이 수로왕비 능과 함께 정비하였다. 1963년 대한민국 정부에서는 왕릉과 왕후 능을 국가사적 제73호로 지정하였다.

수로 왕비 허황옥은 인도 아유타국 공주다. 슬하에 열 아들을 두었으며 두 아들은 어머니의 성을 따라서 김해 허씨의 시조가 되었다. 김해 김씨와 김해 허씨는 혼인을 하지 않는 풍습이 있다. 왕비 능은 가락국 수로왕비 '보주태후 허씨 능'이라고 적혀 있다.

왕비는 16세의 나이에 아유타국에서 배를 타고 와서 수로왕비가 되었다. 건국신화에 따른 모호함도 있긴 하지만 봉분이 있어 실상으로 연결된다. 요즘은 한국에 시집와서 사는 외국 사람이 많다. 다문화 가정이 점점 보편적으로 받아들여지는 시대다. 하지만 그 옛날 인도에서 험한 풍랑을 헤치고, 작은 배를 타고 가락국에 온 허 황후의 삶은 어떠했을까? 그 먼 곳에서 왜 한국에 까지 와야 했을까? 배가 풍랑 때문에 균형을 유지하기 위해 큰 돌을 싣고 왔다고 한다. 그 돌은 6층으로 포개서 전각에 보관되어 있었다. 관람하던 한 사람은 인도 돌이 확실하다면서 흥분하는 모습이 이채롭다.

향제는 春(봄), 秋(가을) 두 차례다. 春향제는 음력 3월 15일부터 3일간, 秋향제는 음력 9월 15일부터 3일이라고 일행 중 한 사람이 귀띔한다. 김해시의 축제다. 향제 날은 식권을 발급하여 시장 어디서나 통용된다. 오늘은 식권 발급은 하지 않은 모양이다. 종친회에서 마련한 음식을 넓은 잔디 위에서 내빈 소개와

후원금을 발표하면서 대접하였다. 그 많은 무리가 다 수로왕의 후손들이다. 우리 할머니도 김해 김씨다. 할머니의 오빠나 남동생의 후손이 그 무리 속에 있을지도 모른다. '우리가 남이가' 이런 풍경이다. 행사에 5,000명이 참석한 적도 있다고 한다.

친가는 증조할아버지가 일찍 돌아가셔서 아버지가 3대 독자로 자수성가한 까닭에 집안이 빈약하다. 반면에 외가는 번창한 후손들이 한 마을에서 집성촌을 이루고 살지만, 외할머니와 외할아버지가 일찍 돌아가셔서 어머니도 외롭기는 마찬가지다. 자손이 번성하기를 원하는 부모님께 셋째 딸인 나는 날 때부터 환영을 받지 못했나보다. 어머니에게서 옆집에 사는 불임 부부에게 나를 주고 싶었다고 하는 소리를 들으며 자랐다. 그 말이 엄마의 진심이었는지 딸 셋을 낳은 민망함 때문이었는지 나는 한 때 확인하고 싶었다. 나는 언제나 언니들의 작아진 옷을 입고 남동생들은 늘 새 옷을 사주셨다. 어느 추운 겨울날 아버지가 장터에서 초록색 털 재킷과 자주빛 코르덴 바지를 사주셨다. 그때 나는 얼마나 행복했던지, 아들보다 더 좋은 딸이 될 것을 다짐한 적이 있다.

시댁이 기독교 집안이다 보니 제사에 관한 행사는 없다. 6남매의 맏며느리지만 명절도 비교적 간편하게 지내는 편이다. 일반 사람에게 익숙한 것이 나에게는 생소한 부분들이다. 제사법이라든가 민속에 따른 구습에는 익숙하지 않다. 그런 일로 나는 가끔 이방인이 될 때가 있다.

내일은 어머니의 기일이다. 김해 김씨 향제처럼 화려하지도 자랑스럽지도 않다. 조촐하게 형제자매가 모여서 어머니의 삶을 추억하며 어머니의 모습을 그리는 예배를 드릴 것이다. 어머니의 남아선호사상이 오늘은 조금 이해가 되는 까닭은 무엇일까? "우리 할아버지가, 우리 할머니가" 하며 한번도 본 적이 없는 조상을 섬기는 모습이 마음속으로 경외감을 느끼게 했다.

# 백담사

　　새벽안개 자욱한 고속도로를 달렸다. 햇살이 내려오자 안개는 자취 없이 사라지고 산등성이마다 단풍 빛으로 곱다.

　　백담사는 강원도 내설악에 있는 대표적인 사찰이다. 신라 28대 진덕여왕 원년에 설악산에 자장이 한계사를 창건하고 정조 7년부터 백담사로 불렀다. 대청봉에서 백담사까지 작은 담을 100개 지나서 있는 사찰이라는 의미가 있다.

　　백담사로 올라가는 길은 개인 차량은 갈 수 없고, 백담사에서 운행하는 33인승 버스를 타야 한다. 셔틀버스 승강장에는 관광객들이 두 줄로 길게 늘어서 있다. 어림잡아 두어 시간 지나야 차례가 올 것 같았다. 일행 중 한 사람이 가까운 거리에 있는 건봉사를 둘러보고 오자는 제안을 했다.

건봉사는 우리나라에서 유일하게 금강산 끝자락 진부령과 거진읍 중간에 있는 고찰이다. 건봉사로 가는 길옆에 맑은 폭포수가 쏟아져 내렸지만 지나가면서 보기엔 너무 짧은 순간이라 아쉬웠다.

건봉사는 조용했다. 사람들은 대웅전으로 들어가 소원을 빌었다. 이곳에는 임진왜란 때 통도사에서 일본으로 가져간 치아 사리를 사명대사가 찾아와 보관했다고 한다.

사찰 안에 물두멍에서 샘물이 옹골차게 쏟아진다. 곁에 놓인 바가지에 받아서 마시니 뱃속까지 시원했다. 사찰 앞 불이문 옆에 서 있는 고목이 눈에 띄었다. 나무등치가 깊은 상처를 입고 고임대로 고정되어 있다.

한국전쟁 중 766칸의 사찰이 소실되었으나 이 나무는 살아남아 불이문을 지키고 있다. 수령 500년 된 고성군 보호목 팽나무다. 온몸이 상처투성이고 치료받은 흔적이 보인다. 상수리에는 나뭇잎도 없다. 난세에 고통스웠던 세월을 몸으로 말하고 있다.

좀 떨어진 비탈 야생화 단지에는 패랭이꽃이 몇 송이 피어 가을바람에 춤추듯 흔들린다. 나를 보고 패랭이꽃을 닮았다던 친구가 떠올라 한참 들여다 보다가 카메라에 담았다.


백담사로 가려고 서둘러 되돌아왔다. 길게 늘어선 줄은 없어지고 바로 승차했다. 길은 좁고 계곡은 깊었다. 울창한 나무가 들어선 꼬불꼬불한 길이다.

좁은 길이라 군데군데 넓은 장소를 만들어 내려오는 차를 만나게 되면 그곳에서 기다렸다가 교차했다. 계곡을 잘 보려면 올라갈 때는 왼쪽에 내려올 때는 오른쪽에 앉으면 좋다. 목적지에 도착하니 이번에는 하산하려는 사람들이 끝도 보이지 않게 늘어서 있다. 단풍보다 사람 옷차림이 더 곱다. 사람 구경이다.

절 마당으로 들어서니 방문 앞에 사람들이 멈추어 있다. 나도 비집고 들어섰다. 방 안에는 커다란 고동색 고무 물통 놓여 있고 벽 쪽에는 승복 몇 벌 걸려있다. 12대 전두환 대통령이 유배했던 흔적이다.

권력의 중심에서 나라를 다스리던 대통령이 깊은 산속 절에서, 고무 통에 들어가 몸을 씻으며 무슨 생각을 했을까? 한 치 앞을 모르고 사는 것이 사람이라고 했던가!

전두환 전 대통령에게 청문회 장소에서 집요하게 질문을 쏟아내던 젊은 국회의원은 몇 년 후 16대 대통령으로 당선되었고, 그가 임기를 마친 후, 다음 정부의 여론을 감당할 수 없어 스스로 세상을 버렸다. 권력의 무상함이다.


만해 기념관에서 전시품을 돌아보았다. 만해 한용운은 이곳에서 '님의 침묵' 을 집필했다. 만해 선생은 의병운동과 동학혁명에 가담했다가, 설악산으로 몸을 피해 승려생활을 시작했다.

그가 품었던 마음을 시로 남긴 유작이 보관되어 있다.

개울로 내려갔다. 깨끗한 자갈밭이 너무 좋다. 청아한 물소리가 산속을 조화롭게 한다. 이따금 들리는 징소리가 함께 어울려 마음을 잔잔하게 만져 주었다. 사찰이 있는 지형은 전문가의 말을 빌리지 않더라도 참 좋았다. 넓은 산자락이 백담사를 둘러 있고 앞에는 맑고 아름다운 개울이 흐르고 있다. 며칠을 머물고 싶다는 생각이 머리를 스친다.

하산 마감 시간이 7시라고 하지만 5시부터 줄 서서 셔틀버스를 기다렸다. 백담사는 설악산 신흥사의 말사로서 내설악의 깊은 오지에 자리 잡고 있다. 오래전부터 고즈넉하고 아름답고 경치가 좋아 수양지로 알려진 곳이다. 12대 대통령이 은둔하고 떠난 후 관광명소로 널리 알려졌다. 길도 넓어지고 셔틀버스가 있어 예전보다 편리해졌지만 본질을 벗어난 느낌이 든다.

# 꽃구경

　　경산 반곡지에는 복숭아 단지가 있다. 봄이 오면 몇 차례 그곳을 찾았지만 오늘처럼 복사꽃이 활짝 핀 모습을 보기는 처음이다. 약속이라도 한 듯 우리는 "와" 하고 탄성을 토했다. 야트막한 산등성이와 들판에 복숭아나무가 가득하다. 어린나무도 있고 고목도 있다. 오래된 나무는 가지가 멋진 예술작품을 연상하게 했다. 버팀목이 세워졌고 꽃송이는 무겁고 듬직해 세월을 느끼게 한다. 어린나무에 핀 꽃은 엷은 색으로 생기가 넘친다. 사람의 모습을 닮았다. 나무 밑에는 민들레가 샛노랗게 피어 있어 분홍빛 복사꽃과 조화롭다. 꿀벌들은 복사꽃 속에도 민들레꽃 속에도 바쁘게 윙윙 넘나든다.

작년에는 조금 늦게 오는 바람에 개화 시기를 놓쳐 꽃은 보지 못하고 연못 속에 뿌리를 담근 아주 오래된 왕버들의 푸른 신록을 보고 갔다. 꽃구경도 시간을 잘 맞추지 못하면 햇잎만 보고 갈 수도 있다. 올해는 꽃이 피는 기간에 정확히 맞추었다고 모두 좋아했다.

꽃길을 달리던 승용차는 꽃향기에 취했는지 길을 잃고 말았다. 길을 잃어버린 차가 거친 곳을 덜컹거려도 꽃 속을 달리고 있으니 즐겁기는 마찬가지다. 골짜기를 지나 언덕을 넘어 오르락내리락하는데 차 밑에서 끽 파열음이 났다. 운전자 표정이 얼핏 긴장되었다. 험지를 빠져나와 한숨 돌리려는 순간 뜻밖의 상황이 발생했다. 멈춘 차가 시동이 걸리지 않았다. 운전자는 난감한 표정이었지만 우리는 길을 잃어버릴 때에도, 시동이 걸리지 않았을 때도, 아무런 도움이 되지 못했다.

모두 차에서 내려 여기저기 피어있는 꽃들에게 마음을 빼앗겼다. 길옆에 하얀 싸리 꽃이 함빡 웃으며 하늘거리고, 도랑 건너 언덕에는 벌통이 여러 개 줄지어 있다. 꿀벌들이 윙윙거리며 사람 주위를 맴돌아 은근히 경계심을 주었다. 발밑에는 봄나물이 지천이다. 봄노래를 흥얼거리며 이리저리 살펴보다 내 시선이 자운영 풀꽃에 닿았다. 자줏빛 구름 같다는 뜻으로 자운영이라 부르는 꽃이다.

한국 전쟁 직후의 봄은 식량이 귀한 시절이었다. 눈이 녹아

푸른 잎이 돋아나기 시작하면 사람들은 들판으로 나가 봄나물 채취에 바빴다. 쑥이랑 원추리, 냉이 꽃다지 그중에 자운영이 인기였다. 자운영 순을 삶아서 무쳐먹고, 나물죽을 끓여서 끼니를 이었다. 우리 집에서도 그날 저녁에 자운영 나물을 먹었다. 다음날 아침에 눈을 뜨려고 하니, 눈꺼풀이 붙어서 떨어지지 않았다. 얼굴이 달덩이처럼 붓고 숨이 찼다. 온 식구가 함께 먹었는데 나만 그랬다.

풀독으로 생긴 부작용이라고 했다. 며칠 지나 부기가 빠지고 눈을 떠졌지만 피부가 들떠서 허물이 다 벗겨지고 흉했다. 속상해 하는 나에게 한 꺼풀 벗으니 더 예쁘다고 달래주던 어머니가 그립다. 자운영은 남쪽 지방에서 논에 심었다가 모심기 전에 갈아엎어 퇴비로 쓴다.

운전자는 허리를 꾸부리고 차 밑을 이리저리 살피며 애쓰더니 차 앞으로 와서 보닛을 열고 전화를 걸었다. 시간이 좀 늦어지는 것 같아 마음 쓰였는데 다행히 시동이 걸렸다. 긴장이 풀린 운전자는 민망한 듯 특유의 음성으로 큰소리쳤다.

"나처럼 순발력 있고, 운전 잘하는 사람 있으면 나와 봐요!"

한바탕 웃음바다가 됐다. 그 사람 운전 실력을 누구나 인정하지만, 스스로 자랑하는 바람에 의도적으로 칭찬에는 인색했다.

돌아오는 길에 가창 미나리 재배단지에 들러 미나리 전을 먹고 미나리도 샀다. 미나리의 향긋한 냄새가 상쾌하다. 또 야트

막한 등성이 몇 개를 넘으니 벚꽃이 한창이다. 다른 곳은 벚꽃이 다 떨어지고 잎사귀가 푸른데 여긴 이제 하얗게 피어 장관이다. 벚꽃 핀 가로수 터널을 지나면서 우리는 축복을 받은 양 좋아했다.

간간이 뿌리는 봄비에 생기 가득한 초목이 수채화 같다. 언젠가부터 봄꽃 피는 순서가 사라지고 봄이 오면 순식간에 경쟁하듯 한바탕 꽃들이 핀다. 개나리도 목련도 진달래도 철쭉도 황매화도 영산홍도 한눈에 볼 수 있다. 지구온난화 현상이 꽃들의 개화기를 변동시킨다고 한마디씩 했다. 꽃은 사람의 마음과 소통하나 보다. 탄성을 만들고, 웃음을 만들고, 마음을 행복하게 한다. 늘 봄이 오면 꽃이 피지만 그때마다 신비롭다. 나도 누구에게 웃음과 행복을 만들어주는 한 송이 꽃이 되어본 적이 있지 않았던가. 강물같이 흐르는 세월 속으로 떠나보낸 날을 돌아보며 봄날의 하루를 감사한다.

# 이팝나무 꽃

    가로수가 면사포를 쓴 것처럼 하얀 꽃이 바람에 흩날린다. 자잘한 꽃들이 가지마다 담뿍 피어서 탐스럽다. 매연을 토하는 자동차들에게 향기로 응대하는 흰 꽃송이가 문득 내 시야로 들어온다.

    이팝나무 꽃이 나뭇가지에 넘칠 만큼 피고, 나무 모양도 흐트러짐 없이 조화롭다. 초록색 나뭇잎과 같이 어우러져 다소곳이 피는 모습은 수줍은 새색시 같다. 봄에 피는 벚나무 꽃도 화사하고 곱지만 함빡 피었다가 한순간 낙화하면 허전하다. 이팝나무 꽃은 피는 모습도 조용하고 꽃이 지는 시간도 길다. 5월에 피기 시작하면 6월까지 만개한다. 꽃말은 영원한 사랑이라고 한다.

이팝나무에 꽃이 활짝 피면 사람들 눈에 고들고들하게 금방 지은 쌀밥으로 보인 시절이 있었다. 이팝나무는 입하立夏기에 피는 꽃이라고 입하 꽃이라고 하는데, 발음이 이팝으로 되어 이 팝 꽃으로 부르게 되었다 농민들은 입하立夏기에 이팝나무 꽃이 탐스럽게 활짝 피면 벼농사가 풍년이 되어 이밥을 먹을 수 있다 고 좋아하였다. 드문드문 피는 해는 가뭄이 든다고 여겼다. 그 런 믿음 때문에 신神을 통한 나무로 여겨 나무를 잘 보존하는 풍습이 있다. 수령이 오래된 나무가 많고 보호수로 지정되기도 하는 이유다.

이팝나무 꽃 이야기는 가난한 집 시아버지 제삿날에서 시작 되었다. 제삿밥을 짓는 며느리가 밥이 잘 되었는지 보려고 한술 떠서 먹으려는 순간 시어머니가 보고 심하게 꾸중하고 매를 때 렸다. 그 후 시름시름 앓다 며느리가 죽었고, 그 무덤가에 나무 한 그루가 자라서 꽃이 피었는데 꽃 모습이 마치 하얀 쌀밥처럼 보였다. 사람들은 이 꽃을 이밥 꽃으로 부르게 되었다. 가난 때 문에 만들어진 슬픈 이야기다. 요즘엔 이팝나무를 가로수로 많 이 심고 정원에도 가꾼다.

1950년대 우리나라는 춘궁기가 있었다. 농촌에서는 식량을 자급자족하기 위해 통일벼를 심어 수확량을 늘리고 비닐하우 스를 설치하여 채소와 농산물을 증산했다. 그렇게 애쓴 결과 지금은 서민들의 밥이 하얀 쌀밥이 되었다. 가난에 질린 후손들은 경제생활에 얽매여 바쁜 삶을 벗어나지 못한다. 고픈 마음을 채우기 위해 열심히 배우고 또 배운다. 평생교육원을 찾아다니며 배움에 묻혀서 사는 사람도 많다. 지금은 이팝나무 꽃을 보고 이밥 생각을 하는 사람은 드물다. 도리어 잡곡을 선호하는 시대로 바뀌었다.

이팝 꽃이 만개한 화원 미래빌 단지 가로수 길을 걷노라면 짙은 꽃향기가 마을을 가득 채운다. 사람들은 보는 눈이 달라졌고 마음도 예전 같지 않다. 경치 좋은 곳을 관광지로 개발하고 들에 피는 들꽃도 집단 재배하여 수익을 추구한다. 자연과 더불어 살아가는 것이 아니라 자연을 이용하여 물욕을 채우려는 속셈도 작용하고 있다. 엄마의 모습도 예전과 다르다. 맞벌이 부부 가정이 늘어 아이들은 하루 종일 엄마의 얼굴을 보지 못하고 남의 손에서 산다. 산업화의 물결은 얻은 것도 있지만 소중한 것을 상실한 것도 있다. 배고픔은 벗어났지만 마음은 허기져 있다. 이웃의 슬픔도 죽음도 사건일 뿐이다. 이웃사촌이란 말이 사라졌다.


며칠 전 지리산 둘레길 쌍계사 앞에서 수령 500년 된 이팝나무를 보았다. 보호수로 지정된 이팝나무다.

(지정번호:12-06-13  수종:이팝나무 지정일:2006년 8월2일 수

령:500년 수고:18미터 흉고:201미터 )

500년을 묵묵히 그 자리를 지키면서 해마다 같은 꽃을 피웠을 것이다. 올해도 나뭇가지 가득 하얀 꽃을 피우고 있었다. 나무가 장엄하고 아름다워 잠시 말을 잊었다. 높은 가지에 가득 핀 이팝나무 꽃은 하얀 뭉게구름 같다. 한 오백년 역사를 한 몸에 담고 서 있는 그 나무를 만져보았다. 경외감이 온다. 세월의 무게를 느낀다. 이제 이팝나무 꽃을 향해 노래를 불러주고 싶다. 영원한 사랑의 노래가 회복되길 바란다. 봄날에 꿀벌들은 내 맘에 화답하듯 꽃 속을 누비며 윙윙거리고 있다.

# 블루로드에서

　　세상에는 꿈을 현실로 바꾸는 이가 적지 않다. 제주의 서명숙 씨가 바로 그 사람이다. 그는 오직 제주에서 태어났다는 이유 하나만으로 제주 곳곳에 아름다운 '올레길'을 만들었다. 그 마음이 번져 대구에서는 둘레길이 생기고 경북에서는 동해를 끼고 블루로드가 개발되었다.

　　길은 길을 낳아 지역마다 참살이 걷기가 시작되었다.

　　영덕에 있는 블루로드는 경북 병곡면 고래불해수욕장부터 강구항까지 총 50km인데 3코스로 구분된다. 강구항에서 영덕 해맞이공원까지(17.5km)가 A코스이고 해맞이공원에서 축산항까지(15km)가 B코스, 축산항에서 고래불해수욕장까지(17.5km)

가 C코스다.

블루로드는 걷는 길이기도 하지만 차를 타고 가는 길도 있다. 아름다운 동해안 경치를 가까이 보는 즐거움이다. 영덕의 해안 길 블루로드를 달리노라면 군데군데 대게 모형이 세워져 있고 상점 상호마다 대게를 그려 놓았다. 등대를 집게발로 감싸 안고 있는 창포말 등대가 이곳의 상징이다. 어촌에는 집집마다 오징어를 빨래처럼 널어 겨울 햇살에 몸을 말린다. 간간이 잡어를 손질하는 어부들의 모습이 눈에 띄기도 한다.

우리는 A코스를 선택했다. 구불구불한 언덕을 오르면서 동해의 푸른 바다를 점점 넓게 볼 수 있었다.

풍력단지에 도착하니 산 위에 세워진 거대한 발전기 모습이 장관이다. 순간 다른 세계에 온 느낌이다. 스물네 개의 바람개비 같은 조형물이 듬성듬성 서 있다. 아이들의 책에서 본 공상만화 로봇 태권브이가 나올 것 같은 착각이 든다. 바람이 거세게 불어와서 목도리도 두르고 겉옷의 모자도 썼지만 잠시만 머물고 다시 차에 올랐다.

A코스는 대부분 해안과 바닷가 작은 어촌을 경유한다. 바닷가 풍경은 마음을 편하게 해준다. 섬돌 위로는 갈매기가 하늘을 날고 출렁이는 바다는 연신 하얀 포말을 만들어낸다.

신재생에너지 전시관에 도착해서 둘러본 후 해맞이 공원으로 갔다. 사람들의 발길이 분주하다. 새해를 맞아 해 뜨는 모습을 보려고 온 사람들이다.

금강산도 식후경이라고 했던가. 강구항에 들어서니 온통 찜통에서 뿜어내는 대게 냄새가 코를 찌른다. 날이 추워질수록 대게 맛이 든다는데 12월이 제철이다. 동해에 주로 있는 대게는 4시간가량 떨어진, 수심이 깊은 장소에 모여 있다. 강구 배가 잡으면 강구 대게이고, 영덕 배가 잡으면 영덕 대게라고 한다.

강구에서 조금 떨어진 곳에 예약된 민박집을 찾아갔다. 초등학생으로 보이는 소년이 집 앞에서 기다리고 서 있다. 집 뒤에 쫄대가 빽빽하게 들어선 울타리가 있는 한적한 곳이다. 찬바람 속으로 구수한 냄새가 풍긴다.

방안에는 식탁이 준비되어 있는데 안내하던 소년이 힘겹게 쟁반을 들고 왔다. 대게가 무려 여덟 마리다. 우리 몫이 맞느냐고 물으니 맞다고 한다. 생각보다 많아서 의아해 하면서 먹고 있는데 다시 문이 열리고, 소년은 또 쟁반 가득 대게를 들고 왔다 이번에도 여덟 마리다. 우리는 서로 얼굴만 보다가 도로 가져가라고 했다. 소년은 주인이 그냥 드시라고 했단다. 주문할 때 분명 다섯 사람이라고 했는데 열다섯으로 잘못 들은 것일까? 어리둥절하면서도 마음은 마냥 흐뭇했다.

대게는 몸통에서 뻗어나간 다리가 대나무처럼 생겨서 '대게'라고 한다지만, 팔뚝만 한 대게 열여섯 마리는 적은 양이 아니다. 일행이 배부르게 실컷 먹고도 네 마리가 남았다.

황송한 표정으로 계산대로 찾아간 사위의 인사가 늘어진다. 주인 여자는 환하게 웃으며 남은 것 외에 두 마리를 더 넣어서 포장해 들려준다. 사위는 함박같이 웃으며 "친구가 잘 아는 집이라며 전화해 준다더니 너무 큰 대접을 받았네요." 한다.

남편은 게를 무척 좋아한다. 그러나 값이 비싸서 마음에 흡족하도록 먹을 수 있는 기회는 흔치 않았다. 오늘의 횡재를 흐뭇해하는 딸의 모습을 바라보며 내 마음도 따라 즐겁다. 영덕 블루로드와 대게의 이야기는 즐거운 추억으로 남을 것이다.

서둘러 돌아오는 승용차에는 여행에 지친 어린것이 엄마 품에 잠들고 피곤이 밀려든 엄마도 함께 졸고 있다. 우리 인생길도 이처럼 한바탕 여행길에 해 지면 돌아가듯, 본향 찾아 돌아가는 여로가 아니겠는가.

# 눈길에서

　　외숙모의 부고를 듣고 새벽에 서둘러 길을 떠났다. 평소에 외갓집과 거리가 멀다 보니 소통이 뜸했던 탓에 낯설다. 외숙모는 남편을 일찍 사별하고 육 남매를 기르면서 고향에서 농사를 지었다. 지난해 가을, 손녀딸이 결혼하면서 무척이나 좋아하셨던 기억이 생생하다.

　　중앙고속도로를 일곱 시간 달려간 곳은 강원도 북쪽 양구다. 장례식장은 각처에서 들어온 화환으로 화려했다. 대부분 조문객이 집안 친척들이다. 날씨가 추웠다. 북쪽이 춥다는 생각에 한겨울 외투를 입고 왔더니 잘했다는 생각이 들었다. 외숙모를 살아계실 때 자주 찾아뵙지 못한 것이 아쉽고 죄송하다. 외삼촌 집안이 모여 사는 집성촌이다 보니 만나는 사람마다 소개를 받고 인사를 했지만, 외사촌이 여럿이라 분별하기 어려웠다.

밤새 눈이 쏟아져서 온 천지가 하얗다. 아침에도 여전히 보드라운 눈이 소록소록 내렸다. 오랜만에 보는 설경이다

강원도에 살 때 설 명절이면 타 지역으로 고향 갔던 친구들은 눈길에 교통이 막혀 출근 못 하던 일이 종종 있었다. 겨울이면 영하 20도를 오르내리는 것은 보통이고, 폭설로 인해 며칠씩 도로가 얼어서 불편했던 기억이 남아 있다. 유년시절에는 함박눈이 펑펑 쏟아지면 운동장을 이리저리 뛰어놀았고, 눈싸움도 했다. 짓궂은 친구는 눈을 한 줌 내 목덜미로 밀어 넣어 몸서리를 치기도 했다. 대구로 이사 온 뒤로는 눈이 많이 오지 않아 이런 아름다운 눈 풍경은 드물었다.

외숙모 장지는 눈길이고 산이 험해서 따라가지 못한다고 말렸다. 같이 가겠다고 하니 도리어 사람에게 부담이 될 것이 분명하다고 생각한 눈치다. 처마 끝에는 수정 같은 고드름이 주렁주렁 매달려 눈물을 뚝뚝 떨구고 있다. 소나무 가지는 눈 쌓인 무게가 힘에 겨운지 휘어서 늘어졌다. 앙상하던 나뭇가지마다 살갑게 붙어 있는 눈이 소담스럽다. 실가지마다 정교하게 피어나는 하얀 눈꽃이며 전깃줄에 내려앉아 외줄 타는 눈송이는 미풍조차 조심스러운 듯 고요하다. 신비한 설경에 사로잡힌 나에게 곁에 있던 언니가 다가와 살며시 손을 잡아 준다.

앞이 보이지 않도록 눈이 내린다. 시공간이 온통 회백색이다 산과 들과 개천의 구분이 없다. 버스는 눈 덮인 길을 엉금엉금 기어서 언덕을 내려간다. 차가 눈에 미끄러지는 느낌이 들자 안전벨트를 착용하라고 운전기사가 큰소리로 말한다. 성애가 뿌연 차창 유리를 손으로 문지르고 밖을 보니 군인들이 도로에 가득 늘어서서 제설 작업을 하고 있다. 다행히 집으로 가는 길은 막히지 않겠다고 생각하는 순간, 어떤 여자가 걸걸한 목소리로 소리를 내지른다.

"저런! 남의 집 귀한 아들 데려다 이 추운 찻길에 눈 치우네! 눈 치워! 쟤들 부모가 보면 얼마나 맘 아프겠나!" 하고 혀를 껄껄 찼다.

사람들은 아무런 반응도 하지 않았다. 혹시 아들이 입대한 모양이라고 생각했다. 어쩌면 이곳에 와서 함께 눈을 치우고 있다고 여기는 걸까?

같은 상황을 보아도 생각의 차이가 있다. 갑자기 내가 부끄럽다. 나는 군인들이 추울 것이라는 생각보다 길이 막히지 않는 것이 다행이라는 생각밖에 못했다.

우리 언니는 아들이 직장에서 월급 타면 며느리에게 다 주고 용돈 받아쓰는 꼴이 불쌍하다고 했다. 딸만 있는 나는 당연한 일을 가지고 언니가 별스럽다고 생각했다. 사물이나 사건을 자기 입장에서 판단하게 되는 이기심이다. 부부 사이에도 아주 소소한 일로 다투게 되는데, 이야기를 바꾸어 보면 바라보는 시각이 다름을 알게 된다.

길 위에 눈을 치우던 군인들의 모습을 되새겨 보는 동안 버스는 인제를 지나 달리고, 밖에는 진눈깨비가 추적추적 내려서 땅을 질퍽하게 만들었다. 우산을 쓰고 가는가 하면 머리에 손을 얹고 그냥 바쁘게 뛰어가기도 한다. 아무 데도 눈꽃은 보이지 않았다. 원주를 지날 때는 봄비가 내렸다. 산천이 촉촉하게 젖어 물방울이 맺혀 있다. 남쪽으로 갈수록 겨울 풍경은 보이지 않았다. 대구와 양구 사이에 기온차가 크다는 생각이 들었다.

온몸에 피로가 밀려온다. 의자에 몸을 기대고 눈을 감았다.

외숙모를 태운 운구가 눈길을 떠나던 모습이 마음 시리다. 대구에 도착하니 봄바람이 옷깃을 스치고 후미진 땅에는 초록빛 새싹이 시야에 들어온다.

# 바기오의 추억

　나는 손녀를 데리고 바기오에서 유학 바라지를 하고 있었다. 저녁이면 청명한 밤하늘에 별들이 하늘 가득 반짝이고 별똥별이 빛을 뿌리며 흘러갔다. 그런 밤이면 손녀와 나는 '푸른 하늘 은하수' 노래를 부르며 향수를 달랬다.

　바기오(Baguio)는 필리핀 루손섬 중앙에 해발 1500m에 위치한 산꼭대기에 있는 도시다. 수도 마닐라보다 문화시설은 못 하지만 일 년 내내 시원하고 경치가 아름답다. 많은 사람이 여름 폭염을 피하여 휴양지로 찾아간다.

　범헴 공원, 라이트 공원, 장인 공원, 존헤이 캠프 등 많은 명승지가 있고, 필리핀 사관학교를 비롯한 6개의 종합대학과 단과대학이 있어 교육도시로 알려졌다.

우리가 바기오에 도착했을 무렵엔 '파나 뱅가(panabanga) 필리핀 꽃 축제'가 열리고 있었다. 이곳은 해마다 중앙로(Session Road)를 중심으로 꽃 축제가 열린다. 많은 사람이 몇 달 전부터 축제를 위해 준비한다. 중앙도로 교통을 차단하고 축제를 했다. 좋은 자리를 잡기 위해 아침 일찍 서둘러 갔다. 경찰과 군악대가 음악에 따라 흥겹게 행진하고 그 뒤를 필리핀을 대표하는 CEO들과 시청 직원이 피켓을 들고 뒤따랐다. 화려하게 장식한 꽃수레가 저마다 향기와 자태를 뽐냈고 사람들은 민속춤과 각종 행진을 연출했다. 그 가운데 태극기를 흔드는 한국 사람도 함께 하고 있어 반갑고 기뻤다.

바기오 꽃 축제는 1990년 바기오를 덮쳤던 대지진으로 폐허가 되었을 때, 고통 받는 주민들의 슬픔을 달래기 위해 1995년 처음 시작되었다. 축제 이름 '파나뱅가'는 '활짝 피어나는 계절'이란 뜻이다. 꽃은 축제장뿐 아니라 마을 곳곳에 장식되어 있었다. 어린 소녀들이 향기 짙은 꽃다발을 손에 들고 코앞에 내밀며 호객하는 모습은 특별한 정경이었다.

나는 날마다 손녀를 브렌트 학교에 등교시켰고, 점심도시락을 챙겨갔다. 매일 학교에 우산을 들고 가서 손녀와 함께 집으로 왔다. 우기철에는 오후 2시경부터 한 시간쯤 장대비가 내렸다. 비가 그치면 금세 땅속으로 스며들어 골짜기는 건천이 되었다.

방과 후에는 집에 가정교사를 두어 가정학습을 했다. 교사는 숙제를 도와주고 예습을 시켜주는 것 외에 그 지역 관광 안내자 역할도 겸했다. 휴일이면 장인 공원에서 승마를 즐기고, 존 헤이 캠프에서 산림욕을 하는 것도 가정교사가 없으면 불가능했다.

나에게도 영어교사가 있었다. 반짝이는 까만 눈을 가진 '준'이라는 대학원생이다. 그는 겸손한 자세로 미소를 띤 채 '헬로 맘! 땡큐!'란 말을 연발했다. 공부는 일상생활을 위한 기초영어를 배웠다. 혼자서 택시를 타고 백화점에 다녀오는 일부터 하나씩 익혀갔다.

미장원에 가서 머리를 자를 때 조금만 자르고 싶었는데 말을 잘못해서 아주 짧게 잘라 당황스러울 때가 있었다. 손녀의 악보 받침대를 사러 가서 말이 떠오르지 않아 수화로 겨우 사왔다. 백화점 계산대에서 물건 값을 계산하려 했지만 소통이 되지 않아 쩔쩔매고 있을 때는 옆에서 보던 한국 사람이 바코드가 없어 다른 것으로 바꾸어 오라는 말이라고 일러주었다. 6개월 정도 열심히 공부한 결과 학부모 회의에 참석하면 내용을 파악하고 소통할 수 있었다.

필리핀에 사는 한국 가정의 도우미는 필리핀 여자들에게 새로운 직업으로 인기가 있었다. 한국 사람들은 집집마다 도우미를 하나 혹은 둘씩 쓰고 있었다. 나는 다른 사람과 함께 사는 것이 불편해서 혼자 지냈다. 준이 나에게 도우미를 왜 두지 않느냐고 항의하듯 물었다. 한국 사람들은 도우미와 한 밥상에서 왜 밥을 먹지 않느냐고도 따졌다. 도우미를 하인처럼 차별하고 있다는 항의였다.

자기 친구가 한국에서 1년 만에 돌아왔는데 정신과에 입원 중이라고 했다. 중소기업에서 일했는데 사장이 함부로 욕하고 구타까지 하는 학대를 받았고 월급도 제대로 받지 못하고 왔다고 했다. 딴 친구는 싱가포르에 갔는데 그렇지 않다며 얼굴색까지 변하며 나에게 따졌다. 아닌 밤중 홍두깨라더니 갑작스러운 상황에 미안하게 됐다고 사과하며 대화를 마무리했다. 스스로 분을 못 이겨 굳은 표정으로 나가는 뒷모습이 예전과 다르게 섬짓했다.

필리핀은 우리나라 60년대 후반~70년대 초반을 연상하게 한다. 학교에 가야 할 아이들이 거리에서 상품을 팔기도 하고, 손님이 물건을 사면 들어주고 돈을 버는 아이들이 많았다. 가족 간의 결속력이 강하고 대가족제도에 머물고 있어 명절이면 가족끼리 모여 즐겁게 놀이를 하며 보낸다. 외모는 우리나라 사람보다 왜소하고 수줍은 표정이 많았다. 그러나 내면에는 알 수 없는 적개심이 숨어 있었다. 브렌트 학교에는 필리핀 아이들이 별로 없었다. 미국, 케나다, 영국계 학생들이 대부분이고 교사들도 미국과 영국 사람들이다. 가끔 본토 학생이 국제 학교 학생들을 공격해 물의를 일으키는 일이 있었다.

바기오에서 3년을 함께 살던 선교사 부인이 한국으로 귀국하는 날 그동안 수고했다고 도우미에게 인사를 하니 똑바로 바라보며 "맘! 커피에 매번 내가 침 뱉어 넣은 것 모르지요?"라고 하더란다. 그 선교사 부인은 충격으로 그 자리에서 쓰러졌다는 이야기가 소문으로 전해지고 있다.

지금 우리나라에 많은 외국인 근로자들이 와 있다. 대구 성서 산업공단 부근에 가면 외국인 근로자를 쉽게 만날 수 있다. 그들을 볼 때면 준의 얼굴이 겹쳐 떠오른다. 우리도 어려운 시절 서독에 광부로, 간호사로 가서 험한 일 하던 시절이 있었다.

바기오에서의 삶은 외로운 시간이 많았다. 함께 이야기 나눌 만한 친구도 없고, 어제와 오늘의 생활이 별다른 것도 없었다. 저녁노을이 황금빛으로 물들고, 태양빛이 사라지면 안개처럼 밀려드는 향수에 시달렸다. 손녀랑 잠자리에 누워서 옛날이야기도 해주고 학교 이야기도 들어주다가 잠들었다. 잠결에 이불이 들썩이는 느낌이 들어 불을 켜고 보니 손녀가 훌쩍훌쩍 울고 있었다. 나는 깜짝 놀라 어디 아프냐고 이마를 짚으며 물어보니 "정말 못 참겠다."고 소리쳤다. 그리고 일어나 펑펑 소리 내어 울며 "엄마, 아빠가 너무 보고 싶어요." 한다.

"지수야! 나도 너 모르게 많이 울었단다. 너는 나보다 더 잘 참고 있는 거야."

손녀의 등을 두드리며 안아주었다.

10년이 흐른 지금, 엄마 아빠 보고 싶다고 이불 속에서 훌쩍거리던 손녀는 미국 에모리대학교 2학년이 되었다. 심리학을 전공하면서 심리과정을 자신에게 점검해 보니 고생을 그렇게 많이 하고 살았지만 아주 정상으로 잘 자랐노라고 자화자찬하여 한바탕 웃음바다가 되었다.

# 낯선 땅 (1)

　　일상에서 벗어나 가족여행을 떠났다. 인천 공항에서 탑승하여 북쪽으로 갔다. 창밖은 하늘과 구름과 태양뿐이다. 아이스크림 같은 구름이 산처럼 쌓여 흐르고 태양은 화살처럼 구름 틈새를 뚫고 빛난다. 밤 12시를 넘어 새벽 4시가 되어도 태양은 여전히 중천에 있다. 백야白夜다. 하얀 밤! 백야는 신비롭고 아름답다. 상트페테르부르크 공항은 차분하고 조용했다. 공항 종업원들의 표정이 굳어있어 긴장감이 돈다.

　　입국 수속을 마치고 일행은 공항 리무진을 타고 예약된 카렐리나 호텔로 향했다. 길거리가 조용하고 사람이 보이지 않아 밤이라는 느낌이 든다. 백야는 위도 약 48도 이상에서 태양이 지평선 아래로 내려가지 않는 현상이다. 북극에서는 하지 무렵, 남극에서는 동지 무렵에 일어난다. 북극 가까이 위치한 상트페테르부르크는 2월 하순 이후 매일 2~3분씩 밤이 짧아진다. 하지가 되면 가장 어두운 시간이라도 맑은 날일 경우 조명의 도움 없이도 야외에서 신문을 읽을 수 있을 정도이다. 이곳 사람들은 백야 철이 돌아오면 활기가 넘치고 모든 산물이 풍성해진다. 6월 중순에서 7월 15일까지 백야 축제가 열리는데 우리는 7월 20일에 도착하여 축제에 참석하지 못했다. 밤도 아니고 낮도 아닌 밝은 상태가 계속된다고 생각하니 동화 나라에 온 느낌이다.

상트페테르부르크는 러시아의 제2도시로서 핀란드만 네바강 하구에 있다. 인구 470만이 넘는 이 도시는 1682년 러시아의 표트르대제가 서구의 문물을 받아들이는 관문이었다. 네바강 습지대를 매립하고 세운 인공 계획도시로 네바강을 중심으로 한 도시 풍경은 유럽의 건축 모습을 닮았다. 장엄하게 장식된 궁전, 성당, 동상은 러시아 왕조가 누린 막강했던 권력을 짐작하게 한다. 광활한 습지대를 메우는 일은 엄청난 노동력과 돌이 필요해 이곳을 드나드는 선박과 사람들에게까지 돌을 싣고 오도록 했다는 가이드의 설명을 들으며 넓은 시가지를 바라보았다. 물 위에 떠있는 도시다. 강물 수위와 지면 사이에 언덕이 없다. 길가에 앉아서 낚싯대를 드리우고 있는 풍경이 이채롭다. 슈미뜨다리를 건너서 네바 강변길을 지나니 '청동기마상'이

눈에 들어온다. 말 위에는 표트르 대제의 동상이 있고 육중한 청동 말은 한 쪽 다리가 번쩍 들려있어 인상적이다. 멀리서 바라보니 공중에서 달려가는 느낌이다. '청동 기마상' 뒤로 이삭 성당이 보인다. 황금빛 둥근 지붕이다. 성당 지붕을 바라보니 한 폭의 그림 같다. 지금은 박물관으로 사용하고 있는 거대한 성당이다.

에르미타쥐 국립미술박물관을 찾았다. 러시아의 여제 에카테레나의 소장품을 보관하기 위해 별장을 지었는데 여러 황제들의 수집물이 늘어나 큰 박물관이 되었다. 지금은 유물들이 2백 50만 점이 소장되어 있다고 한다. 나는 천정 위에 그려진 벽화를 보고 깜짝 놀랐다. 책에서만 보았던 천지창조 그림이다. '최후의 만찬', '봄베이의 최후의 날' 등 명화가 즐비하다.

여름궁전은 피터대제가 여름을 보내기 위해 만든 궁이다. 이곳은 네바강의 여름 풍경이 가장 아름답게 보이는 곳이다. 길거리에는 악사들이 연주를 자유롭게 하고 주변에는 노점상이 즐비하다. 상점에는 인형처럼 예쁜 러시아 여성들이 상냥하게 웃으며 호객 행위를 한다. 흔히 보이는 보석은 호박이다. 나는 호박 목걸이를 한 개 샀다.

가이드의 뒤를 따라 대궁전 앞으로 갔다. 언덕 위에 위치한 대궁전은 흰색과 황금색이 잘 조화된 건물이다. 건물 중앙에는 제정 러시아 로마노프 왕가의 상징적 문장인 쌍두 독수리의 모형이 높이 세워져 있다.

아래 공원은 넓은 평지다. 중앙에 반원형의 연못이 자리 잡고 있는데 사자의 입을 찢고 있는 삼손 분수가 있다. 표트르대제가 스웨덴과의 전쟁에서 승리한 날을 기념하는 것으로 사자는 스웨덴이고 삼손은 표트르를 상징한 것이다. 분수대가 많이 있어 분수공원으로 부르기도 한다. 분수들은 전기 설비나 펌프에 의존하지 않고 수압에 의해서 작동되고 있다는 설명을 듣고 놀랐다.

「백조의 호수」 발레를 관람했다. 250년이 된 국립극장 건물이 견고하고 화려하고 웅장하다. 타원형의 관람석이 편안하고 좋다. 영화로만 보았던 러시아 발레단을 눈앞에서 볼 수 있다는 사실이 꿈만 같다. 영화 장면을 연상하면서 화려한 무대를 응시했으나 긴 여정에 피곤이 몰려와 깜박깜박 졸고 말았다.

낯선 땅에서 뿜어내는 문화의 흔적은 나를 감동시켰다. 도시 건설 당시에 건축된 집들이 지금의 시가지를 이루고 있는 것도 놀랍고, 건축마다 조각이 있는 것도 아름답다. 도시가 건설된 후 300년의 세월 속에 '피의 일요일', '볼세비키 혁명', '브르조아 혁명' 등 러시아의 3대 혁명이 일어난 변화 도시지만 그때의 문화의 향기가 지금도 살아있었다. 내일은 에스토니아 탈린으로 떠날 예정이다.

# 낯선 땅 (2)

     우리 일행을 태운 버스는 끝이 보이지 않는 초원길을 2시간 달렸다. 러시아와 에스토니아 국경 지역이다. 국경이라지만 철조망도 장벽도 없는 검문소 하나뿐이다. 그리 크지 않은 검문소에는 무장군인들이 여러 곳에 보초를 서고 있었다. 검문에 소요되는 시간은 일정하지 않아 오래 지체될 수도 있다고 했다. 검문소 화장실은 남녀 공동으로 사용하는 한 칸뿐인데 불결하고 편하지 않았다. 깨끗하고 아름답게 꾸며진 우리나라 휴게소 화장실이 생각났다.

    검문은 생각했던 것보다 쉽게 통과했다. 무겁고 긴장된 분위를 벗어났다. 국경 하나 지났는데 조금 전과 판이하게 다른 분위기다. 길 양쪽으로 자작나무 숲이 하얀 속살을 들어내고 빽빽하게 하늘을 향해 솟아오른 모습이 강력한 힘을 상징하는 군대 같았다. 나뭇가지 사이로 햇살이 쏟아지고 드넓은 들판에는 그림 같은 호수가 군데군데 보였다. "저 푸른 초원 위에 그림 같은 집을 짓고" 노래가 입속에서 흘러나온다. 풀꽃이 가득 핀 들판에 꽃향기 따라 나비들이 춤춘다.

버스가 갓길에 멈추었다. 차에서 내려 풀밭을 걸어보았다. 노란 민들레가 피어있고 엉겅퀴 꽃도 보인다. 질경이도 지천이다. 친구를 만난 듯 반갑다.

고국의 풀꽃을 낯선 땅에서 만난 것이 이렇게 감격스러울 수가 있다니! 풀꽃 때문에 낯설지 않았다. 푸른 들에서 준비해온 도시락을 먹었다.

7시간 달려서 에스토니아 수도 탈린에 도착했다. 현지에서 한국인 가이드가 나와 있었다. 에스토니아에 20년 살았고 자기 가족 4명이 이민가족이라고 했다. 유학생 150여 명이 있고, 제비가 국조이며 국민들은 검은색과 흰색을 좋아한다고 했다.

제비의 나라, 정말 제비가 많았다. 제비집도 구경했다. 제비는 우리나라 제비보다 크고 색상도 선명했다. 제비는 따뜻한 남쪽나라에 많이 사는 줄 알았는데 그렇지 않나 보다.

암석교회를 방문했다. 큰 암반을 폭파해서 교회를 지었다. 건물이 둥글고 푹 파인 지하 같은 느낌이다. 파이프오르간이 앞면

벽을 다 차지하고 있고 방음 시설이 잘된 곳으로 이름난 곳이다. 우리 일행 중에 성악을 전공한 사람이 찬송을 불렀다. 피아노 반주는 둘째 딸 선미가 맡았다. 관광객들이 시선을 멈추고 박수를 보내며 앵콜을 신청했다 앵콜 송은 어메이징 찬송이었다. 관중이 함께 부르며 감사의 마음을 나누었다. 서로 알지 못하는 사이지만 찬송으로 하나가 되어 행복한 시간이었다.

민속촌을 둘러보았다. 16세기, 17세기, 18세기 농촌 집을 그대로 보존하여 주택의 발전 과정을 비교할 수 있었다. 옛날에 만든 대리석 도로를 걸으며 옛사람들의 삶의 모습을 그려보았다. 폼페이 언덕에서 내려다본 시가지는 그림엽서처럼 아름답다. 유럽에서 유일하게 보존된 중세 도시이다. 지붕이 뾰족하고 건축물 색상이 선명하고 단층이거나 옥탑이 있었다.

탄린에서 쾌속정을 타고 2시간 달려 핀란드 수도 헬싱키에 도착했다. 러시아와 인접한 나라인데 음지와 양지처럼 느껴졌다. 사람들의 표정도 밝고 활기가 넘쳤다. 핀란드는 혼자서 잘 먹고 잘 사는 나라라고 했다. 여성 대통령이 집권하고 있으며 호수가 6만 개가 있어 '호수의 나라'로 부르기도 한다. 국민소득이 높고 편안한 생활을 할 수 있어 유럽인들이 쉬러 가는 곳이다. 소나무와 가문비나무가 빽빽하게 국토의 2/3정도를 덮고 있어 경치가 아름답고 자원이 풍부한 곳. 편하게 쉴 수 있는 나라, 그래서 '쉴런다'로 부르기도 한다는 가이드의 유머가 사실처럼 들렸다.

바닷가에 있는 시벨리우스 공원으로 갔다. 해 질 무렵 길거리 연주가 있는 곳으로 관광객이 몰려든다. 넓은 잔디가 좋아 손자 손녀를 데리고 산책을 하다가 뜻밖의 상황에 당황했다. 검게 보이는 물체가 흙이 아니고 개똥이었다. 애완견을 데리고 나와 개똥을 수거하지 않고 간 모양이다. 시가지로 나와 장마당을 구경하고 둘째 딸이 웃옷을 사주어서 기분이 좋았다. 백화점에 들어가서 보니 물건 값이 비싸서 아이쇼핑으로 대신했다. 점심식사는 한인이 하는 일본 식당에서 비빔밥을 먹었다. 고추장과 김치가 맛있었다. 아이들은 컵라면을 주문해 먹었다. 이곳에 화장실은 유료다. 핀란드 돈만 사용하기 때문에 식당 주인이 돈을 한 번 넣어 주었다. 작은 돈이지만 친절하고 따뜻한 느낌이 들었다. 여러 사람이 사용하느라고 문을 닫지 않았다. 우리의 모습을 보며 웃음보가 터졌다. 내일은 스웨덴 스톡홀룸으로 갈 예정이다.

# 낯선 땅 (3)

    핀란드 헬싱키에서 스웨덴 스톡홀름으로 떠났다. 거대
한 유람선 실자라인을 탔다. 실자라인은 아파트 13층 높이에 승
객 2,852명이 승선할 수 있고, 내부시설도 잘 되어 있어 편리했
다. 7층에는 편의시설이 있다. 쇼핑센터와 식당, 아케이드, 레
스토랑, 뷔페식당, 가라오케, 백화점, 미용실, 놀이방, 공 놀이
방, 수유실, 회의실 등이 잘 갖춰져 있다. 8층부터 13층은 객실
이다. 12층에는 사우나실과 나이트클럽이 있다. 우리 방은 10
층 객실이었다. 물빛 하늘도 어둠에 잠기고 긴 열일곱 시간 항
해 길에 올랐다. 밤하늘의 수많은 별들이 바다 위로 쏟아지고
있다. 나는 13층 갑판 위에서 어둠을 밀어내고 밝아오는 새벽을
맞는다.

망망대해! 하얀 물보라를 쏟아내며 검푸른 바다로 밀려간다. 태초부터 사람은 물과 더불어 살아왔다. 물과 물은 생명의 근원이며 심판의 도구이기도 했다. 사람들은 물을 교통수단으로 이용하기 위해 크고 작은 배들을 만들었다. 통나무배, 나룻배, 돛단배, 여객선, 유람선, 잠수함, 거북선 등 용도에 따라 다양하다.

1920년 4월 아일랜드 킨즈타운에서 미국으로 첫 출항하던 타이타닉 유람선은 승객 2,228명 태우고 북대서양을 항해하고 있었다. 하지만 출항 5일 후 빙산과 충돌하여 두 동강이 나면서 침몰했다. 711명만 살아남은 해상 최악의 대형 참사였다. 침몰의 경위는 다양하지만 직접적인 이유는 선체를 조립할 때 사용한 볼트와 리벳 조인트 불량으로 밝혀졌다. 타이타닉은 당시 최신 기술의 집약체이고, 불침함이고, 떠 있는 궁전으로 불렸다. 하지만 거대한 배를 침몰하게 만든 것이 불량 볼트라고 생각하니 모골이 송연하다. 나는 양팔을 벌려 바람을 맞아본다. 영화의 한 장면, 갑판 위에서 양팔을 벌리고 바람에 날리는 '젝과 로즈' 모습이 머리를 스친다. 새벽바람은 싸늘했다.

날이 밝아오면서 뮈라렌호에서 발트해까지 쭉 이어진 반도와 섬들을 볼 수 있었다. 스톡홀은 동쪽으로 2만 개가 넘는 섬이 있다. 바다가 교통의 통로인 그들에게는 집집마다 소형 보트를 소유하고 있거나 다섯 가구 중 한 가구는 요트를 소유하고 있다고 한다. 마을 풍경이 그림엽서를 보는 것 같다.

목적지에 도착하여 시내 관광을 했다. 파란 하늘과 넓고 푸른 바다를 배경으로 세워진 도시는 평화롭고 아름다웠다. 중세기 문화가 남아 있어 곳곳에 바이킹의 상징인 뿔로 만든 조각 작품이 많았다. 등대에도 여객선에도 장식되어 있었다. 우리나라 영덕에 등대를 감싸고 있던 대게가 연상되었다.

스웨덴은 세계에서 잘 사는 나라에 속한다. 세금은 수입의 30%를 내지만 사회보장은 확실하게 받으므로 불평이 없다 정치는 세계 2차 대전에 중립을 선언하여 전쟁 피해가 없었고 1901년부터 해마다 노벨상을 시상한다. 스톡홀름은 노벨이 태어난 고향이고 노벨상을 시상하는 곳이다. 전 김대중 대통령도 노벨평화상을 받고 축하파티를 했다는 곳을 돌아보았다.

해적의 역사를 가진 나라가 세계일등 복지국가로 변신한 것도 놀라운 일이고 나라가 넓은 국토에서 전쟁의 위험도 없이 부유하게 살고 있는 그들이 부러웠다. 바닷물과 민물이 만나는 강물 위에는 커다란 사람의 코 모형이 떠 있었다. 정오쯤 되어 전봇대 같은 남근 모형이 물속에서 불쑥 솟아올랐다.

그 모습을 바라보는 관광객이 많았다. 저마다 조금씩 당황하는 기색이 완연했다. 이곳은 예술의 도시로 개인이 만들어 띄운 것이라 누구도 못 말린다고 한다. 나도 모르게 그리로 시선이 옮겨지곤 했다.

예약된 시간에 실자라인에 승선하니 저녁 해 질 무렵이었다. 밤에는 별빛을 볼 수 없었다. 캄캄한 밤바다에 비가 내렸다. 밖에는 아무것도 보이지 않았다. 하늘과 바다 사이에서 실자라인은 어둠을 가르며 밀려갔다.

노아의 방주가 이러했을까? 40일을 밤낮 비가 내렸다고 하지 않던가. 노아의 여덟 식구들의 삶을 상상해 보았다. 방주에서 비가 그치기를 고대하던 심정으로, 밝은 새벽이 올 것을 예상하면서 캄캄한 바다를 외롭게 항해했다. 다음날은 주일 아침이었다. 일행 여덟 명이 한곳에 모여서 주일 예배를 드렸다.

"내 주 하나님 넓고 큰 은혜는 저 큰 바다보다 깊다." 찬송을 불렀다.

타이타닉호에 탔던 사람들은 침몰하는 순간에도 연주를 멈추지 않고 "내 주를 가까이 하게 함은 십자가 짐 같은 고생이나." 찬송을 불러 깊은 감동을 주었다. 헬싱키에 도착하니 우리를 위해 전용버스가 기다리고 있었다. 낯선 땅에서 본 아름다운 풍경과 풍요로움을 뒤로 하고 귀국 준비를 했다. 긴 여행에서 지친 탓인지 갑자기 '정든 땅 내 나라가 제일이야!' 라고 독백하며 짐 챙기는 손놀림이 빨라졌다.

## 3부
# 객석에서

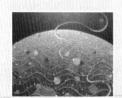

능숙한 연출자보다 진실한 사람이
관객 마음에 감동을 준다고 생각한다.
나는 객석에서 정치 프로들의 한판 경기를 기대하며
현실 감각이 없던 내 젊은 날의 모습을 추억한다.

# 완벽한 무대

　누군가는 인생을 '일장춘몽' 이라 했지만 나는 연극 한 판이 아닌가 한다. 배역도 무대도 나의 선택이 아니다. 조물주랄까, 신이랄까. 보이지 않는 이의 연출에 의해 한 판의 연극이 벌어질 뿐이다. 나는 진정 어떤 삶을 희망했던가? 나의 무대와 배역은 어떠했던가?

「불랙 스완」 영화를 관람했다. 주인공인 니나는 뉴욕 발레단에서 4년을 지낸 평범하고 선량한 인물이다. 맑고 투명한 얼굴에다 매사에 순응적이다. 그러나 그녀에게도 꿈은 있다. 세계적인 발레 작품에서 주역을 맡고 싶은 간절한 소망이었다. 그 소망을 이루어 내기 위한 과정이 관중의 가슴을 서늘하게 한다.

뉴욕 발레단에서는 아름답고 슬픈 이야기로 전해 오는 「백조의 호수」를 선과 악이 강렬하게 충돌하는 작품으로 재구성하여 무대에 올릴 것을 기획한다. 주인공은 당연히 선량한 백조와 사악한 흑조를 동시에 소화할 수 있는 발레리나여야만 한다. 감독은 새로운 「백조의 호수」를 통하여 선과 악으로 이루어져 있는 인간의 본성을 감동적으로 표현할 수 있는 연기자가 필요했다.

오디션에서 니나는 아름다운 백조의 연기를 훌륭하게 해냈다. 그러나 흑조의 연기가 문제로 남는다. 니나의 연기를 보면서 감독은 부족함을 느낀다. 흑조의 역할을 감당하기에는 성숙하지 못한 구석을 보이기 때문이다. 감독은 니나의 연기를 몇 번이고 반복시켜본 후 절망적인 충고를 던진다.

"백조의 연기만 원했다면 너를 선택할 수 있다. 하지만 너에게서는 흑조의 현실감 있는 연기가 나오지 않는구나. 너를 가두고 있는 사람은 바로 너 자신이다. 너 스스로 너를 깨뜨리고 다시 태어나야 해."

니나는 순수하되 미성숙하고 욕망하되 주저하는 나약하기 짝이 없는 자신을 발견한다. 감독의 말은 그녀를 자극했다. 그는 자극으로 멈추지 않고 니나의 잠들어 있는 성, 섹스를 향한 욕망까지 뒤흔들어 놓는다. 남자 친구가 있느냐, 섹스의 경험이 있느냐, 섹스를 즐기느냐 등의 질문을 하면서 스스로 깨우쳐 가기를 유도한다.

또한 자신 안에 있는 흑조를 표출해 내도록 라이벌을 통하여 질투심을 불어넣기까지 한다. 니나를 유혹하기 위해서가 아니라 완벽한 작품을 탄생시키고 싶은 욕심 때문이었다.

또 하나의 발레리나, 니나의 친구이면서 라이벌인 릴리는 흑조를 완벽하게 연기한다. 그녀의 생활이 소소한 규율을 어기는 것부터 자유분방한 섹스와 마약 복용 등 백조를 파멸로 몰고 가는 흑조 배역으로 적절했던 것이다. 하지만 그녀에게는 아름답고 착한 백조의 역할이 부족하다.

니나는 흑조를 훌륭하게 연기하는 릴리를 보면서 질투를 느끼는 한편 자신 또한 흑조 연기를 완벽하게 해 내고 싶은 욕망에 사로잡힌다.

릴리 역시 호시탐탐 니나의 자리를 빼앗으려는 계략을 세운다. 그녀는 니나가 공연장에 나오지 못하게 하려고 마약을 복용하게 하고, 성이 문란한 장소로 유인한다.

음모를 눈치를 챈 니나는 가까스로 공연장에 도착하지만 환시와 환각에 빠지면서 릴리를 죽이고 싶은 유혹에 시달린다. 공연 도중 막간을 이용해 분장실에서 릴리를 죽이는 착각에 빠지게 되는데, 실상은 환시로 인한 과잉행동으로 오히려 자해를 가할 뿐이다. 상처로 인해 생명의 위협을 느끼는 니나는 솟구치는 내면의 욕망에 몰입하면서 백조와 흑조의 역할을 완벽하게 해

낸다. 백조가 흑조에게 사랑하는 왕자를 뺏기고 실망하여 자살함으로 자유를 찾듯이 흑조 또한 죽음으로 비극적인 대단원의 무대를 마무리한 것이다.

관중들은 생명을 건 니나의 연기를 보면서 열광한다. 감독은 온몸으로 만족을 표시하며 니나에게 손을 내밀었다가 위기를 알아차린다. 하지만 때는 늦었다. 니나는 꺼져가는 생명에 매달리며 감독을 향해 간신히 내뱉는다.

"완벽한 무대였어요. 이제야 완전함을 느꼈어요."


막이 내려진 어두운 극장 안에서 나는 한참 동안 화면을 주시했다. 니나가 아닌 나의 무대를 머릿속에 그려 보았다. 평범하기 짝이 없는, 초라한 무대의 하찮은 역할이었다. 잘 나지도 야무지지도 못한 성품 탓이었으리라.

그렇다고 꿈마저 없었을까. 내 안의 백조와 흑조를 외면하고만 살았을까. 단지 꿈을 빙자한 욕망과 집착이 두려웠을 뿐이었다. 최고 최상을 위한 질주가 힘겨웠을 따름이었다. 누군가에게 묻고 싶다. 나의 무대는 언제쯤 완벽해질 수 있느냐고….

# 아름다운 패배

　　친구들과 함께 영화관을 갔다. 「글러브」라는 야구 영화다. 나는 야구 경기의 룰도 잘 모르는데, 친구들의 의견에 따라 선택한 프로다. 유니폼을 입은 선수들이 경기를 시작했다. 충주 성심학교 야구부의 실화라고 소개 글이 나오고 호기심에 화면 속으로 빠져들었다.

　청각 장애인 성심학교 야구부가 고교야구 전국 1등을 목표로 연습하고 있다. 그들은 듣지 못하고 말하지 못하는 학생인데, 개인 종목도 아닌 야구를 어떻게 한단 말인가? 농아 야구부는 성심학교 평교사로 24년을 근무하고 교감으로 승진한 선생님의 열정으로 창설된 구단이다. 제자들이 학교를 졸업하고 나면 번듯한 직장 하나 없이 지내는 모습을 볼 때 안타깝고 가슴이 아팠다. 그들을 위해 야구부를 창단했다.

한 학생이 밤에 혼자서 야구 연습을 하고 있었다. 그 학생은 야구 경기를 하다가 공에 맞아 청각 장애를 입고 야구를 할 수 없게 된 학생이다. 투수를 맡았던 학생이 야구 못 하게 되자 야구에 대한 갈증으로 밤마다 혼자서 야구 연습을 했다.

그 학생을 유심히 본 사람은 국가대표 선수 K다. 그는 얼마 전 음주 폭행으로 야구협회 징계위원회에 넘겨져 처벌을 받은 상태였다. 매니저는 그가 선수 이미지를 관리하기 위해 성심학교 임시 코치를 하도록 권했다. 성심학교에서는 국가대표 선수를 코치로 만났다고 희망에 부풀었다.

K 선수는 야구부에서 제명되어 의욕을 잃은 상태로 코치를 맡고 보니 그들은 실력도 없고, 말도 못 하고, 듣지도 못하는데, 목표는 고교야구 전국 1등을 꿈꾸고 있다니! 가당치도 않은 일이라고 생각했다. 실망한 코치는 연습 시간에 대충대충 시간만 보내고 있던 중이었다.

코치는 밤에 혼자 야구하는 학생을 보면서 자신의 과거 모습이 떠올랐다.

"나도 한때 야구를 얼마나 좋아했던가! 밤에 저렇게 연습했지, 내게 헌신적인 도움을 준 친구도 있었지!"

그 친구가 지금까지 나를 보살피고 애쓰며 매니저를 하고 있지. 그 친구를 실망하게 할 수는 없다는 생각이 들자 야구하는 학생에게 가까이 가서 "야구 하자"라고 종이에 써 보였다. 그 학생도 성심학교 야구팀에 투수로 합류했다. 코치가 야구 연습을 본격적으로 하려고 하니 듣지 못하니 공 떨어지는 위치를 정확히 찾지 못하고 말을 못 하니 의사소통이 안돼서 단체 훈련이 힘들었다. 이 학생들을 어떻게 다루어야 할지 고민되었다. 상황 판단을 하지 못한 성심학교 야구부는 새로 투수 한 사람이 투입되자 자신감에 부풀어 스스로 만족하고 있었다.

코치는 야구부가 스스로 실력이 없다는 사실을 깨우치게 하려고 봉황기 4강 군산상고와 경기를 주선했다. 경기하던 군산상고 학생들은 "얘들 야구부 맞아!" 하며 깔보고 장난삼아 경기를 이어갔다. 처음 얼마 동안 계속 성심학교 야구팀이 잘하고 있다. 공을 받기 좋게 던져주고 있기 때문이다. 그 모습을 본 코치는 군산상고를 향해 달려가 경기를 중단시키고 그들에게 호통 쳤다.

"너희들 뭐야~ 어차피 연습이니까 그냥 봐주면 돼? 밟는 건 상관없는데 일어설 힘마저 뺏으면 안 되잖아! 쟤들도 너희들처럼 힘들게 연습했거든!"

그 시간 이후 정식으로 경기해서 32:0으로 완패했다. 코치는 성심학교 야구부에게 고함쳤다.

"너희에게 가장 무서운 상대는 이기지 못하는 강한 팀이 아니라, 너희를 불쌍하게 보는 팀이다!"

더 이상 속에 담아두지 말고 울분을 터뜨려라! 코치가 먼저 악을 쓰고 소리를 토해냈다.

그들이 어떻게 소리를 지른단 말인가! 얼굴과 몸을 뒤틀며 소리를 내지른다. 소리가 나기 시작했다. 괴성이다. 울부짖음이다. 생전 처음 내뱉은 소리였으리라, 한을 쏟아내며 통곡했다. 짐승들의 포효 같았다.

완패를 당한 결과를 놓고 학교 측과 학부모와 회의가 열렸다. 희망 없는 야구에 힘 빼지 말고 야구부를 포기하자는 회의가 있었다. 이때 코치가 회의 장소에 나타나서 "아이들은 배우고 싶은데 어른들은 말리고 이런 교육이면 뽕이고, 우리가 그런 교육이면 제기랄 뽕이고, 학교가 그런 거라면 제기랄 뽕입니다. 왜요? 제 말 틀렸어요?"라고 퍼붓고 떠날 채비를 했다.

코치가 교무실 문을 열고 나서자 야구부 아이들이 우르르 모여들었다. 그들은 코치를 가지 말라고 울며 애원했다. 이 모습을 본 교장과 학부모는 계속해서 야구부를 육성하기로 다시 결정했다. 학교와 학부모와 코치는 야구부를 위해 사랑과 정성을 다했다. 시기 적절한 훈계와 위로를 하고 용기를 잃지 않게 보듬어 갔다. 학교 분위기는 밝아지고 활기가 넘쳤다.

군산상고와 두 번째 경기에 도전했다. 코치가 경기하기 전에 투수에게 당부했다.

"뛰어난 투수 한 명만으로 경기에서 이길 수는 없다. 뛰어난 투수는 경기를 비기게 할 수는 있지만, 이기게 할 수는 없다. 여기까지가 야구 교과서에 나오는 내용이다. 하지만 야구경기를 하다 보면 때론 정말 투수가 전부라고 생각할 때가 분명히 온다. 그럴 땐 누가 뭐라고 하든지 네 직관을 따라라. 포수 뒤에는 아무도 없지만, 투수 뒤에는 8명의 선수가 있다. 야구에는 사랑이 있다. 'G-LOVE' 그리고 동료를 믿어라."

경기가 시작되자 군산상고 야구부는 "쟤들 지난번 그 팀 맞아?" 하며 힘겹게 연장전으로 이어졌다. 작전타임에서 투수의 손을 본 코치는 경기를 포기하자고 권했지만, 투수의 결심은 꺾이지 않았다. 손가락은 터져서 피가 흐르는데 사력을 다해 공을 던졌다. 보는 이들의 마음이 안타깝고 긴장되었다.

마지막 12회 말 동점이고, 주자는 1루와 3루에 공을 던지려는데, 군산상고 선수가 앞에서 구둣발로 흙먼지를 일으켜 공 받을 사람의 시야를 흐렸다. 투수는 공을 던지려다 멈추었다. 보크가 선언되었다. 6대 5로 성심학교 야구팀이 패하고 말았다. 성심학교 학생들은 왈칵 울음을 터뜨렸다.

잠잠하던 관중석은 일제히 일어서서 성심학교 야구팀에게 박수를 보냈다. 이어서 군산상고 선수도 성심학교 팀을 향해 박수를 보냈다. 좌석에 있던 선수들도 박수를 보냈다. 아름다운 패배에 대한 경외의 박수다.

동료의 패배를 대신할 수 있는 투수의 마음이 많은 이에게 행복을 주었다. 영화 속 관중도 영화 밖 관중도 가슴이 따뜻하고 행복했다. 리더 한 사람의 힘은 위대했다. 어찌 야구에만 해당되는 말이겠는가.

성심학교 야구부는 이제 외롭지 않다. 사회 외곽에서 사회 속으로 들어온 것이다. 경쟁과 성공만이 목적인 세상을 향해 그보다 앞선 것이 진실과 사랑이라는 소리 없는 외침이 가슴속에 메아리로 남는다.

*보크 : 투수가 공을 던지려다 멈추었을 때 선언되는 벌칙이다. 보크가 선언되면 주자는 1루를 그냥 간다.

# 과라니 족의 슬픔

1750년경 남미의 오지 이구아수폭포 위에는 과라니족 인디언이 있었다. 그들은 그들만의 언어와 풍습을 가지고 자연을 만끽하며 숲속에서 살았다. 예수회 선교회에서 이들에게 복음을 전하러 갔다가 도리어 공격을 받고, 선교사는 십자가에 묶여서 거대한 물줄기와 함께 폭포의 소용돌이 아래로 사라졌다. 선교사의 죽음 소식을 접한 예수회 선교회에서는 가브리엘 신부가 친구와 같이 순교자의 뒤를 이어 과라니족에게 선교를 떠났다.

과라니족은 음악성이 뛰어났다. 가브리엘 신부는 바위에 앉아서 오보에를 연주했다. 오보에 소리가 밀림 속으로 울려 퍼지자 숲속에서 과라니족이 몰려왔다. 추장은 오보에를 빼앗아 부수고 선교사를 죽이려고 했다. 곁에 서서 이 광경을 보고 있던 인디언 청년이 악기를 고쳐서 신부에게 돌려주며 추장에게 선교사와 함께 마을로 가자고 청했다. 신부는 그들과 함께 산속에서 생활하면서 그들의 마음을 변화시켜 공동체 마을을 만들었다. 뛰어난 음악성을 통하여 찬송으로 선교 활동을 할 수 있었다. 과라니족 사람들은 손재주가 좋아 악기를 만들었다. 악기는 널리 보급되어 로마에서 연주되는 작품이 많았다.

평화롭던 마을에 뜻밖의 사건이 발생했다. 백인 노예상 메두사가 나타나 인디언 사냥을 했다. 메두사 일행은 무자비하게 총을 쏘고, 활을 당기고, 그물을 던져 마구잡이로 동물처럼 인디언을 사냥하여 올가미로 매어 끌고 갔다. 이 모습을 목격한 가브리엘 선교사는 그들은 이곳의 원주민이고 내가 선교하여 교회를 세웠다고 그들에게 항의했지만, 메두사는 절대 있을 수 없는 일이라고 협박했다. 행복했던 인디언 마을에는 두려움과 위험이 몰려왔고 그들의 삶이 비참하게 되었다.

백인 마을에서는 축제를 열었다. 잡혀간 인디언들은 가축처럼 시장에서 값에 따라 여기저기 팔려 흩어져버렸다. 노획물을 팔아 수입을 챙긴 메두사는 애인을 찾아갔다. 애인은 그동안 마음이 변하여 메두사의 친동생을 사랑했다. 메두사는 실상을 확인하고 분노한 나머지 친동생을 살해하고 만다.

예수교 선교회에 주교에게 선교 상황을 물었다.

"그곳에 선교는 잘 되어 갑니까?"

"네. 시간이 갈수록 개종자가 늘어갑니다."

"정말 놀라운 일입니다."

주교는 가브리엘 선교사에게 메두사를 아느냐고 물었다.

"예, 압니다. 그 사람은 인디언 노예상입니다."

"그 사람이 이곳에 온 지 6개월이 되었는데 누구 하고도 얘기하지 않고 죽기만 기다리고 있어요. 한번 만나보시면 좋겠습니다."라고 했다.

가브리엘 선교사가 메두사를 만난 곳은 죄수가 있는 허드레 독방이었다. 그는 식음을 거부하고 죄책감에 잠겨 자학하고 있었다. 신부가 그에게 말을 걸어보지만 내버려 달라고 소리 지르고 혼자 있기를 고집했다.

메두사는 신부에게 "내가 누군지 아시오? 노예상이고 친동생을 죽였소! 당신은 지금 날 비웃고 있는 겁니다." 하며 신부의 멱살을 잡았다.

가브리엘 신부는 그에게 세상을 피해 숨으려는 겁쟁이라고 호통치고 속죄의 길을 찾아 살아갈 용기는 없느냐고 했다. 메두사는 자신이 용서받을 수 없는 죄인이라고 소리치고, 신부는 이 세상에 용서받지 못할 사람은 없다고 설득했다.

마침내 메두사는 내가 용서받을 길이 있다면 가겠다고 하며 생필품을 챙겨 힘겹게 짊어지고 선교사와 함께 이구아수 폭포 벼랑을 기어 올라갔다. 과라니족이 메두사를 보고 달려와 죽이려 달려들어도 그가 아무런 반항을 하지 않자 선교사는 그를 용서해 주길 원했다. 분이 풀린 그들은 서로 부둥켜안고 울고 웃으며 화해하고 함께 공동생활을 하면서 행복을 느낀다. 메두사는 신앙서적을 읽고 공부해 신부가 되었다.

　　신부가 된 후 헌신적으로 개화에 앞장섰다. 새마을 건설하고 교회를 짓고 공동 농장을 경작했다. 생기 넘치는 마을이 되었다. 인구는 26만 명 정도 되었다.

　　국제 간의 영토 경계 문제로 포르투갈과 스페인이 합의를 보았다.

　　"교황령과 스페인 포르투갈 사이에 견해 차이는 없지요?"

　　"그럴 리 있겠소."

　　"우리끼리 얘기지만 예수교도들이 커졌습니다."

　　"그래요? 실사 좀 해야겠소"

　　"알겠습니다."

　　교황이 과라니족 마을을 찾아갔다가 놀라움을 금치 못한다. 에덴동산 같다고 독백했다. 하지만 합의에서 결정된 사항은 과라니족을 말살하고 교회를 파괴하자는 것이었다.

추장에게 그곳을 떠나라고 명령하고 선교사들은 철수하라고 명령하였다. 불복하자 군대를 동원해서 마을을 파괴하고 말살 정책을 썼다. 교회를 불태우고 신부들을 죽였다. 아무런 잘못이 없는 그들은 삶의 터전을 빼앗기고 몇 명 살아남은 어린아이가 버려진 보트를 타고 사라졌다. 실화를 바탕으로 한 「미션」 영화 내용이다. 스페인 정복 이후 과라니족은 학살되거나 혼혈되고 일부는 살아서 브라질과 파라과이 등지에서 겨우 명맥을 유지 하고 있다.

우리나라는 중국과 일본, 러시아가 가까이 있고 또 미국도 있 다. 북한은 핵실험을 통해서 위협하고 있다. 미국은 사드를 설 치하고 중국을 사드를 반대하고, 모두 자기나라의 이익을 위해 분주하다. 세계의 유일한 분단국가다.

우리나라는 주권을 잃고 당했던 그 많은 서러움과 고통의 역 사가 있다. 독립투사의 피맺힌 죽음, 종군위안부의 혐오스러운 고통, 6.25전쟁의 참상은 아직도 진행 중이다. 약자와 강자 사 이에 빚어지는 슬픔이다.

과라니족 멸망의 역사를 보니 주류 사회가 소수자와 약자에 대한 선입견이나 차별을 걷어내고, 서로를 인정하고 포용하는 세상은 누구나 바라는 길인데 그 평화는 이루어질 기미가 보이 지 않는다.

# 유병장수 有病長壽

　　입원실은 침상이 양쪽으로 나란히 놓여있고 가운데 통로가 있다. 65세부터 100세가 넘는 입원 환자가 120여 명이 있는 노인 요양병원이다. 나는 출근 첫날이라 의사와 회진을 하면서 환자 상태를 돌아보았다. 갑자기 할머니 한 분이 소리를 지른다.

　"나는 집에 가야 한다! 우리 아들 집에 가야 한다!"

　어제 처음으로 입원한 사람이라고 요양보호사가 알려준다. 병원 생활이 처음이라 환경이 낯설어 적응되지 않은 모양이다. 눈이 충혈되고 몹시 불안한 모습이다.

　병상의 환자들은 표정도 머리 모양도 비슷하다. 남녀 구별조차 어려운 모습이다. 회진 의사는 의식이 없이 산소마스크를 하고 있는 환자를 찾아가 살펴본 후 보호자에게 "아직 좀 남았네요." 한마디 던지고 나갔다.

점심시간이 되자 요양보호사들이 턱받이와 앞치마를 한 사람씩 입혀주고 밥상을 차려놓는다. 환자들은 밥을 보자 허겁지겁 바쁘게 먹고, 보호사는 옆에서 반찬을 챙겨 입안에 넣어준다. 요양보호사가 먹여주는 묽은 죽을 억지로 삼키는 사람도 보인다. 목으로 넘길 수 없는 사람은 코를 통해 인공영양을 주입해준다. 식사가 끝나자 간호사가 한 사람씩 물이 든 컵을 들고 약을 먹여준다. 부부가 함께 입원한 가족도 있다. 아내는 치매환자고 남편은 뇌졸중 장애로 같은 병실에 있다. 그 부부는 살던 살림을 정리하고 병원에 입원한 지 3년째라고 한다.

오후 2시쯤 지나서 산소마스크를 했던 사람은 숨을 거두었다. 간호사는 몸에 붙어있는 소변줄, 정맥주사 바늘을 제거한 후 흰 천을 덮었다. 환자 곁을 지키던 남편은 무표정한 모습으로 서둘러 전화를 걸더니 시신을 따라 병실을 나갔다. 슬픈 기색은 없었다.

잠시 후 새로운 환자가 그 침상에 왔다. 백한 살 되신 할머니다. 혈압 맥박도 정상이고 특별히 아픈 곳이 없었다. 마른 체격에 눈동자도 맑고 정갈하다. 의사가 진찰하고 나서 치매 환자

처방을 냈다. 투약은 하지 않아도 된다고 귀띔한다. 그 사람은 하루 세끼 밥 챙겨드릴 가족이 없어 입원한 것이다. 함께 온 사람이 간호사에게 고맙다고 한다. 노인병원에 입원하시니 이제 세끼 따뜻한 밥을 드실 수 있어 얼마나 다행이냐고 중얼거리며 나갔다.

우리나라는 70년대부터 정부 시책 중점 사업으로 가족계획 사업을 시행했다. 그 결과 한 자녀 가정이 늘어나고 90년대부터 저출산 시대로 돌아섰다. 출산인구가 갑자기 줄어든 반면 의학의 발달로 수명이 길어져 노인 인구가 많아졌다. 핵가족으로 맞벌이 부부가 많다 보니 가정에서 노인 돌보는 일이 어렵게 되었다. 더군다나 병든 부모를 돌볼 사람이 없다. 홀몸노인 고독사가 끊임없이 발생했다. 노인 문제가 가정불화를 초래하고 이혼을 부르게 되는 경우가 생기면서 사회문제로 번졌다. 정부에서는 노인복지를 확대하여 노인 돌봄을 시작했다. 2007년부터 요양보호사 제도를 도입하였고, 각처에 노인병원이 우후죽순으로 생겼다.

사람들의 마음도 시대에 따라 적응하고 있었다. 10년 전 친정 어머니가 노인병원에 가실 때는 자식 된 도리를 못한 죄인의 신분이었다. 부모님을 병원에 보냈다고 말하기 부끄러웠다. 지금은 치매 노인을 노인병원에 모시는 것을 당연하게 여긴다.

　노화는 비켜 갈 수 없는 모두의 길이다. 세월이 지나면 나이만 먹으면 좋으련만 부수적으로 성인병이 하나둘 찾아든다. 나이 들면 앞날을 예측하기 어렵다. "밤새 안녕하셨어요?"라고 하는 인사말이 있다. 의학의 발달은 평균수명을 높여주었다. 하지만 질병을 모두 소멸하진 못했다. 장수는 인류의 소망이고 축복이지만 건강하고 경제적 능력이 있는 사람에게 속한다.

　오늘 병원에서 본 임종 장면이 자꾸만 슬프게 떠오른다. 생명에 대한 가치관의 상실이었다. 칸막이도 없는 일반병실에서 숨을 거두고, 같은 방에서 물끄러미 바라보아야 하는 환자들이 눈에 밟힌다. 숨을 거두는 자도 바라보는 자도 빚진 마음이 아닐까?

　현대 노인들은 노인병원에 가는 것을 두려워한다. 치매환자나 성인병은 완치가 어렵기 때문이다. 노인들의 소망은 "99. 88. 23일!" 99세까지 팔팔하게 살다가 이삼일 앓고 죽는 것이 소망이라고 한다.

# 그 나무

　　그 나무는 가을로 접어들면서 고동색으로 변하고 있다. 그리도 싱싱하던 초록 잎이 고동색 갈증을 호소한다. 아파트 현관을 나설 때마다 가지를 흔들면서 나를 배웅하는 나무다. 그 나무는 둘레가 우람하지 않다. 호리호리한 몸매에 얇은 가지를 앞으로 뻗고 있다. 마치 초등학생이 선생님의 호령으로 양팔은 앞으로 나란히 한 모습이다. 나뭇잎도 성글게 나서 그늘도 만들지 못한다. 북쪽으로는 나뭇가지도 나뭇잎도 돋아나지 않았다. 튼실하게 자란 그 옆에 있는 나무와는 판이하다.

　　아파트 단지를 조경하면서 여러 곳에서 나무들이 옮겨 왔다. 키 큰 리기다소나무, 꽃이 화사한 벚나무, 봄부터 잎이 붉은 단풍나무, 겨우내 꽃봉오리를 감싸고 사는 동백나무, 이름을 알 수 없는 나무들이 정해 준 자리에서 뿌리를 내리고 산다. 올곧은 대나무는 아파트 벽에 바싹 붙어서 향수병이 났는지 늘 생기가 없이 비실거린다.

가을바람이 불면서부터 나무들이 저마다 다른 모습이 되어간다. 상록수는 짙은 초록색으로 단단히 겨울 준비를 한다. 활엽수는 고운 색으로 물든다. 빨간색 노란색 한바탕 축제를 연다. 어떤 나무는 고동색 잎으로 착색하고 나뭇가지에 매달려 겨울을 견딜 모양이다. 은행잎은 노랗게 물들며 낙엽이 되어 바람에 흩날린다. 그 나무는 잎을 달고 겨울을 보낼 모양이다.

나무는 나뭇잎의 광합성을 통해 호흡을 함으로써 나무가 자란다. 하지만 흙 속에 숨어서 물줄기를 끌어올려주는 뿌리가 있기에 가능하다. 줄기는 수분과 영양소를 운반하는 교통수단을 담당한다. 자연의 질서가 신비롭다. 그 나무도 작년보다 훌쩍 자라서 남쪽으로 내민 가지가 다른 나무보다 갑절은 길다.

나는 어느 날 가만히 그 나무 둥치에 기대 보았다. 아파트와 아파트 사이로 쉴 틈 없이 북풍이 불고 있었다. 그랬구나! 나는 울컥 뜨거운 것이 치밀어 올랐다. 찬바람이 그 나무의 아픔이었다. 북풍이 시리고 아파서 북쪽으로 가지도 잎도 피울 수 없었던 것이다. 그 나무의 몸짓은 춤이 아닌 아픔이었다. 따뜻한 남쪽을 향한 몸부림이었다.


　그 사람을 만나면 항상 밝은 미소와 다정한 목소리로 주위를 환하게 만든다. 화술도 뛰어나 다른 사람의 마음을 즐겁게 한다. 그는 화사하게 화장을 하고 단정한 의상에 예쁜 구두를 신고 있다. 여름에는 고운 샌들, 봄과 가을에는 예쁜 리본이 달린 구두를 신는다. 그의 신발은 언제나 새 신이다. 둥지교회에서 만난 사람이다.

　지체 장애를 가진 그는 혼자서 일상을 유지할 수는 없지만, 전동차를 타고 업무를 수행하는 직장 여성이다. 4남매 중에 막내로 태어나 학교 공부도 한 적이 없는 사람이다. 그의 부모는 몸이 자유롭지 못한 그를 학교에 보내지 않고 오빠를 대학에 보내면서 막내를 돌보아 주기를 기대했다. 하지만 사업에 여러 번 실패를 거듭한 오빠는 집을 멀리 떠나가서 살고 부모님은 장애를 가진 그가 부양하고 있다.

　그는 부모님을 위한 마음 씀씀이가 효성스럽다. 교회에서도 중등부 교사를 맡아 봉사하고 장애를 가진 사람에게 삶의 용기와 본을 보여준다. 그는 컴퓨터 작업도 잘해 교회에서 영상을 관리하고 있다. 마음이 약해져서 힘이 소진되었을 때 그의 당당한 모습이 용기를 준다. 그를 통하여 약할 때 강함을 주시는 주님의 말씀이 떠오른다. 아름답다는 말 대신 참 예쁘다고 말했다.

그의 작은 기도 소리가 귓가에 들린다.

"오늘도 살아 있음에 감사합니다.
나에게 할 수 있는 일이 있어서 감사합니다.
사랑하는 부모님이 보살펴 주셔서 행복합니다.
모든 것이 축복입니다."

장애의 아픔과 고통이 변하여 감사가 되기까지 얼마나 많은 질곡의 시간을 보냈을까! 날마다 나를 배웅하는 그 나무의 춤은 북풍을 향해 도전하는 전쟁이듯이 그녀의 떨림과 기도는 자신을 향해 용기를 구하는 간구였으리라.

# 충동 시대

어젯밤 내린 비가 가을을 재촉한다. 가로수 잎이 너절하게 길바닥에 내려앉아 이대로 가을이 훌쩍 가 버릴 것 같다.

가을은 추수하는 계절이기에 농부들에게는 기쁨과 보람의 계절이다. 그날을 위해 농부들은 뜨거운 여름에 땀을 흘려도 견딜 수 있다. 인생의 가을이 오면 인간을 만드신 창조주는 사람의 결실을 추수하는 때가 있다고 했다.

창세기 아담 시대에는 천년 가까이 살았다. 가장 오래 산 사람 무두셀라는 969년을 살았다고 한다. 삶의 모습이 다양해지면서 수명도 점점 단축되었다. 이스라엘 족장 야곱은 150년 가까이 살았고, 이집트서 이스라엘 민족을 출애굽시킨 모세는 120년을 살았다.

통계청 자료에 의하면 우리나라 평균수명이 과거보다 점점 늘어가고 있다. 100세 노인이 간간이 뉴스에 소개된다. TV안방 극장 인간시대 프로에 세 가족, 삼대 며느리가 소개되어 눈길을 끈다. 103세의 노인이 80대의 며느리, 60대의 손자며느리와 함께 사는 모습을 방영했다. 우리나라 65세 노인 인구는 2000년 7.2%(고령화)에서 2010년 11%로 상승하여 2018년 14.3%(고령사회)로 진입할 것을 암시한다.

노인 자살 사건이 늘어만 간다. 노인뿐이 아니다. 신학기가 되면 입시 발표와 동시에 학생 자살 소식이 보도된다. 연령과 계층, 성별을 가리지 않고 불특정 다수에게서 무차별적으로 발생하는 자살 사건을 접한다. 자살 증가 추세가 우려되는 것은 현대인은 많은 이들이 자살 충동을 느끼고 있다는 것이다.

한평생 살면서 죽고 싶다는 생각을 한 번도 하지 않은 사람은 드물 것이다. 조사 결과에 따르면 자살 충동을 일으킨 경험이 있는 사람은 청소년 48.6%, 대학생 52.4% ,노인 86.5%로 나타났다. 노인계층이 제일 많다.

사람들에게 자살 충동을 일으키는 것은 어떤 것일까? 생활이 힘들고 환경이 열악하면 죽음을 선택하는 경우가 많다.

내가 알던 40대 독신 남자가 자기 방에서 목을 매고 자살했다. 한참 활동할 젊은 나이에 자살을 선택한 것은 절대 고독 때문이 아닐까 짐작해 본다.

친구의 어머니가 딸과 말다툼 끝에 스스로 목숨을 끊었다는 소식을 듣고 충격을 금치 못했다. 자기의 수명을 다하지 못하고 스스로 죽는 사람이 주위에서 생겨날 때마다 마음이 안타깝다. 사람이 늙어서 죽으면 본향 찾아갔다, 혹은 돌아가셨다고 말한다. 누구나 죽는다는 사실을 인정한다. 하지만 사람들 내면에는 영원히 살고 싶은 욕망이 내재되어 있다.

죽음은 인간에게 어떤 의미일까? 죽음에 대한 생각은 옳고 그름이 아니라 서로 다름이다. 이 세상이 끝이라고 생각하는 무신론자와 종교인의 삶으로 구분해 본다.

기독교의 내세관은 부활이다. 이 세상의 삶은 내세를 향한 여정이라고 여긴다. 누에는 누에고치 속에서 나방이가 되어 하늘을 난다. 사람도 자기의 생명을 마치면 죽음이라는 고치 속에서 다시 살아난다는 이론이다. 다른 종교는 내세관이 다르다. 불교와 유교도 내용은 다르지만 역시 영혼 불멸을 함축하고 있다.

자살 충동을 느낀 사람의 내세관에 따라 상황이 달라질 수 있다.

삶은 죽음이 끝이라고 생각하는 사람은 자살 충동을 행위로 옮긴다. 죽음 후에는 아무런 일도 없다고 판단하기 때문이다.

어떤 사람은 자기 수명대로 살아야 한다고 한다. 신앙인은 죽음이 영원한 세계로의 과정이라고 믿는다. 이런 사람들은 자살 충동이 일어나면 많은 갈등을 하게 될 것이다.

  고령사회를 맞이하여 노인들이 자살 충동을 느끼지 않고 행복했으면 좋겠다. 정부는 늘어가는 현대인의 자살 충동을 바라만 보고 있어야 하는가? 삶의 질을 높이도록 노인 복지를 시행하여 자살 충동을 감소시키고 소외계층을 보듬어 가야 하리라. 그보다 더 필요한 것은 어릴 때부터 하나밖에 없는 생명의 소중함을 바르게 교육하는 것이라고 생각한다.

# 저출산 시대

　큰딸이 10년 만에 늦둥이를 낳았다. 첫돌이 지나면서 셋째 딸이 8년 만에 둘째 아이를 생산하게 되었다. 그 이후로 집안 이야기의 주인공은 늦둥이들이다. 둘째 딸은 종종 나에게 동생 집에 함께 가자고 한다. 특별히 볼일이 있는 것은 아니고 새로 태어난 조카가 보고 싶어서다. 이제 10개월이 되어 가는데 사람이 보면 웃어주고, 엎드려서 배밀이로 기어 온 방을 돌아다닌다. 아기가 말 못 하는 줄 알면서도 안고서 세상 이야기 늘어놓고, 묻고 대답하고 웃고 하다 보면 시간이 훌쩍 지난다. 어느새 모두의 얼굴이 웃음으로 환하다. 마음이 평화롭고 상쾌하다. 세상에서 가장 보기 좋은 것이 자식 입에 밥 들어갈 때라고 했다. 나는 큰아이가 편식할 때에 그 의미를 알았다.

70년대 후반에 보건소 근무를 하면서 가족계획 부서에서 일을 한 경험이 있다. 보건소 업무 중에 많은 부분을 가족계획 사업에 중점을 두었다. 국립보건원에서 기본 교육을 받을 때는 이론적이고 긍정적으로 받아들여졌으나 막상 실무에 접하고 보니 감당하기엔 벅찬 부분이 많았다. 계몽 사업이라고 생각했는데 실적 사업이다 보니, 시장에서 콘돔과 피임약을 팔아야 하고 예비군 훈련장에서 정관수술을 독려하여 실적을 올려야 했다. 뿐만 아니라 월경 조절술이라는 단어를 빙자해서 유산을 종용하고 불임수술을 시켜야 하는 목표가 주어졌다.

가족계획 사업은 생명의 존엄성은 줄어들고 자연의 섭리를 거스르는 상황을 느끼게 했다. 때로는 부부가 상의도 없이 불임수술을 하여 남편이 복원수술을 요구하며 항의하는 경우도 발생하였다. 시대의 흐름에 함께 밀려갈 수밖에 없지만 마음의 짐을 내려놓을 수도 없었다. 하나님의 창조 원리에 역행하는 일이라고 생각되었다.


저소득 아파트를 방문하였을 때 일이다. 열두 명의 자녀를 두고도, 임신 중인 어머니를 만났다. 건강하고 편안해 보였다. 첫 아이가 은행에 다니고 다음은 학생이고 미취학 어린이였다. 직업은 포장마차에서 붕어빵 장사다. 인구정책에 반하는 대상이었다. 13번째 태아를 상담하면서 불임수술을 소개하였더니 완강하게 거부했다. 생기는 대로 낳는 것이 순리라고 맞섰다. 자기의 소신을 분명히 말하는 부인이 장하고 인상적으로 각인됐다.

한 자녀를 낳고 불임시술을 하는 사람에게는 정부에서 시행하는 예비군 훈련을 면제해 주고, 두 자녀를 낳고 불임 시술하는 사람에게는 무료 예방접종과 아파트 추첨 순위에 우선권을 부여하기도 했다. 사유가 타당하다고 여겨지면 무자녀 가정에도 불임시술을 허용했다. 일부 시설에 있는 사람에게 본인 동의가 없어도 불임 시술을 하는 경우도 있었다.

산부인과에서 일할 때 일이다. 넷째 아이를 임신한 부인이 중절 수술을 원했다. 나는 그에게 태어나는 아이는 자기 복으로 살도록 되어 있으니 낳아서 기르라고 설득해 돌려보냈다. 그 아이는 태어나서 우리 아이와 같은 반이 되었다. 그 학생을 볼 때마다 남다른 애정을 느꼈다. 그는 4남매 중에 가장 총명하여 서울대학교 의과대학을 나와 큰 병원을 경영하고 있다. 지금도 그 사람 소식을 들을 때마다 기분이 좋다.

30년이 지난 지금은 저출산 고령화 대책이 국가의 중대 사안이다. 지금은 둘째 아이 낳으면 국가에서 출생 경비를 지원해주고 셋째 아이는 성장해서 취업까지 보장해주겠다고 정부에서 서두르고 있다. 인구정책을 통하여 헝클어진 생명의 존엄성을 회복하기에는 너무 멀리 온 느낌이 든다. 근시안적인 인구정책이 낳은 결과다. 노인인구 증가로 새로운 노령인구 대책사업이 요구된다. 저출산 부작용은, 인구가 감소하는 위기를 몰고 왔다. 젊은이들은 홀로 즐겁게 인생을 살겠다는 사람이 주위에 많다. 그들을 향해 누구도 충고하거나 설득하려 하지 않는다. 결혼 적령기라는 단어가 사라졌다. 열세 명을 기른 가정을 기억해 본다. 지금쯤 그 열세 명 아이들은 30~40대 중반에서 사회에 활동 인력으로 살아가고 있을 것이다.

우리나라 70~80년대 후반에 걸친 인구 억제 정책은 이제 우리의 의식을 바꾸어 놓았다. 대가족을 떠나 핵가족 시대를 지나고 혼밥 시대를 향해 흘러가고 있다.

# 우리 아이들

　아동 학대 문제가 심각하다. 어린이집 교사들이 아이를 학대하는 장면이 CCTV를 통해 밝혀지면서 온 국민이 분노를 일으키고 있다. 학대하는 모양도 다양하다. 아이를 번쩍 들어 땅바닥에 던지는가 하면 양쪽 귀를 잡아당겨 끌고 다니기도 하고 위협적인 자세로 겁을 주기도 한다. 아이가 김치를 먹지 않았다고 토한 음식을 다시 먹이는 일도 있다. 금쪽같은 아이들이다. 가정에서 우선순위 첫 번째다. 할아버지나 할머니보다 대접받는 아이들이다.

　국민 저출산 시대를 맞이한 정부 측에서 출산을 장려하려고 일하는 엄마를 위해 어린이집 지원 정책을 서둘렀다. 어린이집 아이들에게 보육비를 지원했다. 어린이집은 일하는 엄마들이 소중한 아이를 맡기는 유일한 기관으로 자리매김했다.

전업주부들도 가정에서 아이들을 돌보느라고 자기 생활을 하지 못하던 중 부담 없이 아이를 맡길 기회가 생겨서 어린이집으로 시선을 돌리게 됐다. 그들도 덩달아 아이들을 어린이집으로 보내기 시작했다.

어린이집이 갑자기 늘어나자 보육교사도 더 많이 필요하였다. 수요에 따라 보육교사를 뽑다 보니 교육의 수준이나 전문성을 고려하지 못한 이들도 돈 벌기 위해 어린이집에 취업했을 경우도 생겼을 것이다. 충분한 준비가 부족한 가운데 시행해서 생긴 모순이다.


보건소에 근무하던 때 초등학교 예방접종을 간 적이 있었다. 내가 흰 가운을 입고 교실 문을 열고 들어서자 아이들이 아우성을 치기 시작했다. 어떤 아이들은 발을 동동 구르면서 징징거리고, 또 어떤 아이들은 큰소리로 울면서 소란을 피웠다. 교탁 앞에 서 있던 선생님이 갑자기 회초리를 들더니 앞자리에 앉은 학생을 사정없이 후려쳤다. 깜짝 놀라 선생님을 바라보니 이렇게 하지 않으면 말을 듣지 않는다고 했다.

그 후 교실은 조용해졌다. 아이들은 스스로 줄을 서서 조용조용 나와 주사를 맞고 제자리로 돌아갔다.

점심시간에 선생님과 함께 이야기를 나누는 동안 충격적인 이야기를 들었다. 그 선생님은 출근해서 학생들을 보면 짜증이 난다고 했다. 아이들이 싫어 그만두고 싶지만 그렇게 할 수 없어서 속상하다고 했다. 중년이 된 여선생님은 깡마르고 피곤해 보였다. 나도 직장에서 일하지만, 환자가 싫거나 밉지는 않았다. 물론 힘겨운 적은 있지만 후회한 적도 없었다.

아이들을 좋아하지도 않으면서 돈 때문에 매일 그들과 마주하고 살아야 하는 그분도 안타깝고, 사랑도 없는 선생님에게 가르침을 받아야 하는 아이들도 가여웠다. 그 당시에는 우리 아이들도 초등학교에 다녔다. 둘째 아이가 점심 도시락을 먹지 않고 그냥 들고 오는 날이 종종 있었다. 이유를 물으니 선생님 심부름하느라고 먹을 시간이 없었다고 했다. 식당에 가서 선생님 짜장면을 사 들고 오는데 먹고 싶어 억지로 참았다는 이야기도 했다. 다른 아이가 바지에 똥을 쌌는데 반장이라고 자기가 치웠다고 하면서 억울하다고 속상해했다. 학교에서 일어나는 사소한 일이라고 여기고 있었지만 나도 마음이 많이 상했다.

지금은 학부모가 된 딸이 초등학교 동창회에 다녀와서 하는 말, 친구들이 그때 김옥선 선생님이 왜 너를 그렇게 힘들게 했는지 모르겠다며 물어보더란다. 들려온 이야기에 의하면 공부도 잘하고 반장도 하는데 부모의 역할이 없었다는 이야기였다. 엄마의 잘못이라는 것이었다.

교육자의 심성은 부모의 마음이라야 한다는 생각을 해본다.

그때도 만약 요즘처럼 트위터나 휴대전화가 있는 상황이라면 어떤 반응이었을까? 예방접종 날 잘못도 없이 호되게 얻어맞은 그 아이도 우리 딸처럼 억울함을 잊지 못했을 것이다. 내가 어릴 적에는 선생님 그림자도 밟으면 안 된다고 하는 말이 있었다. 제자들에게 선생님은 존경하고 사랑하는 대상이었다. 생활환경은 풍부하지도 않고 볼거리도 없었지만, 아이들만의 세계가 있었다. 학교 수업을 마치면 친구들과 어울려 술래잡기도 하고 산으로 들로 다니며 즐겁게 보낼 수 있었다.

근대화는 가난도 문맹도 떨쳐버리고 세계 속에 대한민국으로 우뚝 서게 하였다. 하지만 아이들은 온종일 학교로 학원으로 놀이방으로 다니면서 그것도 모자라 밤에는 집으로 가정교사가 와서 가르친다. 사랑과 보살핌보다 통제와 가르침 속에서 그들의 마음은 늘 묶여 있다. 풍요 속에 외톨이가 되어 자립을 배우지 못한 캥거루족으로 자라고 있다.

사건이 터지자 정부에서는 서둘러 문제가 된 어린이집을 폐쇄한다고 보도했다. 하지만 정작 아이를 맡겨야 하는 직장 엄마들은 마음이 답답하다. 이제 보육교사 자격을 국가고시제도로 도입하겠다는 의견도 내놓았다. 시행착오를 시인하는 의미 있는 내용이다. 취업 제도뿐 아니라 처우개선도 함께 이루어져야 한다.

길들지 않은 아이를 돌보는 것은 고된 육체적 노동과 인내를 요구한다. 인격이 형성되는 성장기 아이들이다. 어릴 때 상처받은 아이는 인격에 많은 영향을 받는다. 어린이를 사랑하고, 아동 심리학을 공부한 전문교사가 채용되어 우리 아이들이 밝게, 행복하게 보호받기를 소망한다.

# 감자합니다

　오늘 하루도 감자합니다.

　내일도 감자합니다.

　강원 도청 직원들은 요즘 '감사합니다.' 대신 '감자합니다.' 라는 말로 인사를 나눈다. 감자 파는 일이 가장 감사한 실적이 됐기 때문이다. 감자 판매량이 조금씩 늘고 있다는 기사를 읽었다. 작년 전국적으로 감자 풍년이 들어 생산량이 늘어나면서 가격은 순식간에 떨어져서 강원도 감자 농민들은 감자를 수확하고도 가격 폭락에 판로까지 막혀 '감자 빚'을 떠안을 처지가 되었다는 것이다.

　내 고향은 강원도다. 우리 학교는 영농 지정 학교였다. 학교 주변에 커다란 밭이 학년별로 분배되어 농작물을 가꾸었다. 여름이면 학습시간에 지정된 밭에서 풀을 뽑기도 하고 김매기도 했다.

5학년 여름에 감자 밭에 김매는 시간이었다. 뜨거운 햇볕 아래서 감자 밭 매는 일은 즐거운 일이 아니었다. 허리가 아프고 얼굴에는 땀방울이 줄줄 흘러내렸다.

나는 머리를 들고 두리번거리다 옆에 있는 친구와 눈이 마주쳤다. 친구와 나는 미리 약속이라도 한 듯 선생님의 눈을 피해 학교 근처에 있는 개울로 나왔다. 맑은 물이 흐르는 소沼에서 목욕을 했다. 투명한 소에 풍덩 들어가 흐른 땀을 식히며 한참을 즐겁게 놀았다. 얼마 후 물속에서 친구가 비명을 질렀다. 그 친구 발가락 사이에서 피가 줄줄 흐르고 있었다. 유리조각을 밟은 것이다. 겁에 질린 우리는 서둘러 선생님께 달려갔다. 작업시간에 뺑소니 목욕 간 벌로 곱절로 일을 하게 되었다.

나는 속상해서 밭을 깊이 파헤쳤다. 감자 뿌리가 보이는 것도 있었다. 그 해 가을에 추수할 때 깜짝 놀랐다. 내가 맨 고랑에서 가장 큰 감자가 나왔다. 그 감자가 우수 농작물로 뽑혀서 교육청에 전시되어 부러움을 샀다. 부모님께 그 감자밭 김매던 이야기를 했더니 감자밭은 깊이 매는 것이 더 좋다고 하셨다.

감자는 180년 전 청나라에서 산삼을 캐려고 숨어 들어온 사람들이 감자를 가지고 와 식량으로 사용한 것을 화전민이 경작하기 시작했다. 당시 강원도에는 화전민이 강원도 인구의 23%나 되었다. 강원도 기후 조건이 감자를 재배하기에 원활했고 다른 작물에 비해 단위면적당 수확량이 많았다. 벼를 경작하기 어려운 지역이라 감자가 화전민 농사에 딱 맞았다.

감자는 60~100cm 높이에 밭작물로 땅속줄기가 비대하여 둥글게 또는 알 모양을 형성한다. 6월경에 피는 감자 꽃은 연보라색과 흰색이다. 감자 꽃이 필 무렵 감자밭은 온통 꽃밭이다. 꽃이 진 뒤에는 방울토마토 모양의 푸른 열매가 달린다. 수확기는 6월부터 7월 상순이다. 밭에서 수학한 감자는 그늘에서 잘 말려서 통풍이 잘 되는 곳에 보관한다.

감자로 만드는 음식은 다양하다. 감자를 넣고 보리밥을 하면 밥이 부드럽고 감칠맛이 있다. 여름철 구수하게 끓인 된장에 열무김치 섞어 비벼 먹으면 일품이다.

감자 껍질을 벗겨 강판에 갈아 감자떡을 만들면 쫄깃쫄깃하고 맛있다. 감자 껍질을 벗기는 숟가락이 닳아서 반달처럼 반쪽이 된다. 강판에 갈린 감자의 물기를 꼭 짜서 밑에 가라앉은 녹말은 송편을 빚는다. 송편 속에 넣은 팥이 말갛게 보인다. 녹말가루는 전으로 부쳐서 먹기도 하는데 사투리로 '감제적'이라고 한다.

썩은 감자도 버리지 않는다. 항아리에 물을 붓고 썩은 감자를 폭 썩혀서 우려내면 하얀 녹말이 가라앉는다. 그 녹말은 다양하게 이용된다. 감자옹심이, 감자와 콩, 밤을 시루에 찐 감자 옹생이, 감자 수제비에 팥 콩을 넣은 죽, 감자범벅을 만든다.

60년대 식량 공급이 잘 되지 않을 때는 간호학교 기숙사에 감자 3개가 점심 식사로 제공된 적이 있다. 강원도 감자 음식은 투박하다. 강원도 사람도 감자 맛처럼 순해 현실 감각이 앞서지는 못했다. 강원도 사람을 '감자 바위'라고 부르는 이유다.

예일대가 세계 7만여 식품 영양가를 따졌더니 작물 중에 감자가 으뜸이라고 한다. 감자는 열에도 파괴되지 않는 비타민 C가 사과에 비해 6배 들었다. 먹으면 빨리 배가 불러도 열량은 여느 곡물 절반밖에 되지 않아 다이어트에 좋다. 감자는 어떤 요리에도 잘 어울린다. 괴테는 감자를 신神의 은혜라고 했다.


시장에 나가 감자를 샀다. 감자 눈에서 도톨도톨하게 새싹이 움트고 있다. 지금이 감자 심는 계절이다. 감자가 팔리지 않아 애물단지로 변했다는 기사가 가슴 짠하다. 영농자금으로 작년 농사를 지었는데 억대 빚더미에 앉아 생계조차 막막하다고 한다. 그동안 감자는 강원도 농민들의 효자 노릇을 했다. 전국 생산량의 25%가 강원도에서 나올 정도다.

"감자합니다." 외치는 강원도민의 목소리가 '감사합니다.'로 회복되기를 바라는 마음이 간절하다.

# 미장원

　　요즘 들어 머리카락이 푸석하고 흰머리가 부쩍 많이 보인다. 미장원에 가는 날이면 마음이 두근거린다. 미용사의 기분에 따라 머리가 마음에 들기도 하고 그렇지 않기도 하다. 오늘은 염색과 파마를 할 예정이다. 흰머리가 검어지고 단정하게 손질되면 조금 젊어지는 기분이다.

　여자들의 머리 모양도 시대에 따라 유행이 있다. 고려시대 머리 형태는 얹은머리다. 속칭 '트레머리' 라고 하여 양쪽 머리를 하나로 모아 가운데 틀어 올리는 머리 모양이다. 머리형을 만들기 위해 다래가 유행하였다. 다래는 요즘 가발과 같은 의미로 머리에 넣고 함께 땋아 머리숱을 풍성하게 하는 것이다. 값진

머리 장신구도 있었다. 여성들의 머리 모양이 차츰 화려하게 변하면서 부富와 권위를 상징하는 풍조로 옮겨갔다. 이 풍조를 통제하기 위하여 조선시대는 혼인 전에는 긴 머리를 땋아서 내리고 결혼 후에는 올려서 비녀를 꽂아 쪽머리를 하도록 했다. 쪽머리를 하려면 가운데 가르마를 타야 한다, 가르마는 앞이마가 반듯하고 머리카락이 많으면 좋다. 복숭아 이마라면 더 예쁘다.

서양 문화가 들어오면서 여성들의 머리 모양도 자유로워졌다. 우리 동네에도 미장원이 생기면서 마을 여성들이 쪽머리를 파마 하기 시작했다. 친정어머니는 회갑을 지나기까지 머리에 동백기름을 바르고 옥색 비녀를 꽂았던 기억이 난다. 어느 날 어머니는 온 식구들을 깜짝 놀라게 했다. 미장원에 다녀오신 것이다. 단정하던 머리가 꼬불꼬불한 파마머리다. 놀라는 아버지의 얼굴을 바라보며 어머니는 한마디 던졌다.

"내 나이 다 살았으니 나도 내 맘대로 하고 살고 싶어서요."

처음 보기에는 조금 낯설어 보이지만 어머니가 좋아서 하신 일이니 아무도 다른 말은 없었다. 회갑이 지나면서 아버지의 간섭을 받고 싶지 않았나 보다.


내 머리를 손질하던 미용사가 나에게

"쪽머리 할 때 태어났으면 곤란할 뻔했어요."

라고 한다. 나는 이마가 넓다. 머리카락도 보드랍고 숱이 많지 않기 때문이다. 이번 미용사를 만난 것은 올해로 36년째다. 나는 머리가 맘에 들지 않으면 그 당장에 불평하지 않고 다른 미장원으로 옮겨 다녔다. 그 미용사를 만나고 나서 머리 모양을 내가 말하지 않아도 나의 넓은 이마를 감춰주었고 내 취향에 맞게 알아서 머리 손질을 했다. 그는 나에게 머리를 자르고 파마를 하라고 했다. 여자 나이 마흔이 넘어서 머리 손질 잘 하지 못하면 초라하게 보일 수 있다고 한다. 파마머리는 머리 감고 빗질하기 전에 손가락으로 밑에서부터 위로 빗어주고 나중에 빗으로 마무리하라고 일러주었다.

나는 미장원을 한 달에 한 번 혹은 3개월에 두 번 정도 간다. 내가 미장원 의자에 앉으면 그는 이야기를 들려주는 것을 좋아했다.

미용사는 동성로 춘추 미장원에서 50년을 종업원으로 근무했다. 그가 젊었을 때는 술집 접대부들이 새벽부터 미장원 문을 두드렸고 밥 먹을 시간도 없었다고 했다. 그 시절엔 파마보다 고데를 원하는 손님이 많아 머리를 밖으로 말아 올린 소두 마끼가 유행하고, 긴 머리는 올림머리를 했다. 머리 모양이 달라질 때면 영화배우 사진을 들고 와서 그 모양을 요구할 때도 있어 사진과 똑같이 해주었다고 자랑했다. 영화관에 가서 영화 내용보다 배우 머리 모양에 더 관심을 두어 내용도 모르고 온 적도 있다고 했다. 지난 이야기를 할 때면 얼굴에 화색이 돌고 그때로 돌아가는 것 같았다. 그때가 미용사의 전성기라고 여겨졌다.

그는 50년 만에 자기 이름으로 미장원을 개업했다. 근무하던 미장원이 폐업하면서 그 미장원을 인계받았다. 개업 축하하기에는 너무 늦은 나이지만 기쁨을 감추지 못했다. 오랫동안 내 머리를 손질하다 보니 서로의 마음이 쉽게 통했다. 그는 상냥하게 이야기하다가도 이따금 걸려오는 전화를 받고 나면 얼굴이 어두워졌다. 남편이 10년을 뇌졸중으로 누워있었고 아들은 사업하다 부도가 나서 피신한 상태란다.

반세기 동안 같은 일을 하며 살아온 그는 70이 넘은 나이지만 손님을 대하는 모습은 몸에 익은 솜씨다.

"나는 늘 기분이 좋아요. 머리를 만져 예뻐지면 행복해요!"

라고 하지만 표정은 그렇지 않았다. 나는 건강한 몸으로 일하는 모습이 참 좋다고 말했다. 노년에도 행복하게 일할 수 있는 것은 능력이고 축복이라고 응원했다.

손질을 마치고 나니 흰머리도 보이지 않고 단정하다. 젊어지기라도 한 듯 기분이 상쾌하다. 새로 개업한 미장원이 잘 운영되었으면 좋겠다.

# 공원 풍경

　올여름은 체온을 웃도는 날씨가 이어졌다. 우리 집도 불볕에 온종일 달구어져서 저녁이 되어도 더워서 밖으로 나갔다. 숲이 우거지고 분수가 있는 공원이다. 사람들이 공원 둘레 길을 걷는다. 나도 따라서 숲길을 걸었다. 그늘 속에는 사방이 탁 트인 전각이 몇 군데 있다. 한 전각에는 중년 부인들이 개 한 마리씩 안고 있다. 애완견은 예쁜 옷을 입고 리본까지 달고 있다. 주인은 연신 개에게 부채질을 해준다. 옷을 벗겨주면 더 시원할 것 같았다.

　모퉁이를 돌아서니 나무 그늘에 둘러앉아 여러 사람이 화투를 친다. 모두 화투장에 몰입하여 더위도 잊은 듯하다. 구경꾼도 덩달아 촘촘히 둘러서 담배를 피운다. 금연공원이라고 쓰인 표지판이 바람에 펄럭이지만 관심 밖이다. 담배 연기를 마시기 싫어서 빠르게 걸었다.

멀리 떨어진 의자에 한 사람이 앉아서 허공을 바라본다. 귀에는 이어폰이 보인다. 음악을 듣고 있는지 몸이 리듬을 탄다. 시원한 바람에 온몸을 내어준 듯하다.

운동기구가 있는 곳을 지나다 나무 그늘에 세워둔 전동휠체어를 발견했다. 길옆에 손잡이가 설치된 곳에서 걷기 연습을 하는 지체장애인이 있다. 나도 모르게 손을 번쩍 들어 흔들며 격려의 웃음을 보냈다. 그 사람도 망설이지 않고 손을 들어 화답했다. 장애인 교회를 섬기다 보니 장애인과의 잠재된 친밀감 때문에 쉽게 표현할 수 있었나 보다.

걷기 운동이 건강에 좋다기에 매일 공원 둘레를 걷기로 작정했다. 공원 분수대에서 물을 시원하게 뿜어낸다. 물은 흘러서 도랑을 만들고 도랑에는 아이들이 옷을 입은 채 물속에 들어가 첨벙거린다. 도랑물은 지루지 마을 연자매와 황소 모형을 감싸고 모여든다. 지난해까지는 전각 안에 들어 있던 연자매가 공원 공사를 하면서 전각은 없애고 도랑물로 감싸 안은 섬에 고립되었다. 그 주위로 인공 안개가 군데군데 뿜어져 나오고 있다. 연자매 가족이 안개에 갇혀서 외롭게 보인다. 해넘이가 붉은 노을을 만들고 구름 사이로 빛이 화살처럼 쏟아진다.

갑자기 큰 목소리가 들렸다. 중년 남자가 흥분된 말투로 개를 안고 있는 여자에게 소리를 지르고 있다.

"아니, 아이들이 놀고 있는 물에 개 목욕을 시키다니 말이 돼요?"

공격을 받던 여자는 기가 죽기는 커녕 더 큰소리로 대꾸한다.

"쳇! 남이사! 별꼴 다 보겠네! 자기가 뭔데 참견이야."

그러자 그 남자는 더 큰 소리로 사람들을 향해 호소하듯 말했다.

"내가 공원 관리하는 사람인데 당연히 말할 권한이 있지요. 사람과 개도 구별하지 못하고 아이들이 놀고 있는 물에서 개를 씻으면 됩니까?"

애완견 엄마가 애들이 노는 도랑물에서 개 목욕을 시킨 모양이다. 주위에 몰려든 사람들은 킥킥 웃기도 하고 그렇게 말이야 하며 너무했다고 맞장구를 쳤다. 목욕을 한 개는 민망스러운지 주인 품에서 내려와 나무둥치에 다리를 번쩍 들고 오줌을 쌌다. 그 엄마는 개를 덥석 안고 입을 맞추고 털을 쓰담는다. 맨발로 돌아다니던 개를 덥석 품에 안아주는 모습이 찜찜했다. 내가 개를 좋아하지 않는 탓에 그 심정을 이해하지 못하는가 보다.


둘레길을 네 번째 돌고 있을 때 젊고 건장한 흑인 한 사람이 단정하게 옷을 입고 공원으로 들어왔다. 옆에는 송아지만 한 검둥개가 따라왔다. 사람도 검은데 개까지 윤기가 자르르 흐르게 검다. 털 단장도 예쁘다. 발목까지 털을 복슬복슬하게 남겨두고 종아리는 털을 깔끔하게 손질한 것이 주인과 잘 어울렸다. 주인이 성큼성큼 걸어가면 개도 주인 따라 성큼성큼 따라갔다. 검둥개는 자유롭고 당당해 보였다. 조그만 애완견에게서 느끼지 못한 매력이 있다. 검둥개는 주인을 보호해 주고 주인은 검둥개를 보호할 것 같은 믿음이 간다. 그들은 공원 한 바퀴를 돌고 유유히 사라졌다. 느낌이 좋다.

우리 집에서도 개를 기른 적이 있었다. 남편이 좋아했다. 누렁이는 출근길에도 멀리 따라 나오고 돌아오면 꼬리를 흔들고 반겼다. 하지만 난 개에게 관심을 주지 않았다. 어느 날 새로 사온 내 구두를 물어뜯어 속상해서 크게 혼내주었다. 다음날 퇴근길에 반겨주던 개가 보이지 않았다. 귀찮았는데 막상 보이지 않으니 궁금했다. 하지만 남편에게 묻지 못했다. 그 후로 개를 기른 적이 없다. 이따금 누렁이를 닮은 개를 보면 마음이 짠해진다.


사방이 어둑어둑 해지자 약속하기라도 한 듯 사람들은 하나둘 자리를 떠났다. 나도 걷기를 마치니 온몸이 나른하다. 물에서 첨벙대던 아이들도 징징거리며 엄마를 따라갔다. 각자 자기의 모습대로 놀다 해가 지면 집으로 돌아가고 있다. 시끌벅적하던 공원도 어둠 속에서 휴식을 가진다.

# 돌탑

　　백담사 수심교 밑에는 강변처럼 하얀 자갈이 많다. 산 깊은 곳에 이렇게 넓은 계곡이 있는 것이 신기하다. 돌들이 올 망졸망 모여 있다. 물가로 내려가 보니 돌탑이다. 크고 작은 돌 탑이 수없이 많다. 이렇게 많은 돌탑은 누가 쌓았을까? 탑을 쌓 은 사람들의 마음이 궁금하다.

　돌 위에 돌을 올려놓은 모습은 바람 불면 넘어질 듯 위태롭게 괴여 있다. 사람들이 소망을 담아 이렇게 탑을 쌓아 표현했나 보다. 바벨탑을 쌓아 올리던 인류의 속성일까?

　성경에서는(창:11) 노아 홍수 후 자손들이 번창하면서 동쪽으 로 이동했다. 시날 평지에 정착해서 탑을 쌓았다. 탑을 높이 쌓아 하늘에 닿게 하고, 우리 이름을 높이고 지면에 흩어지지 말자 다짐했다.

여호와께서 그들의 마음을 보시고 언어를 혼잡하게 하여 서로 알아듣지 못하게 하였다. 탑을 만들던 사람들은 서로 말이 통하지 않으니 탑을 쌓을 수가 없어서, 말이 통하는 사람끼리 흩어지게 되었다. 그 탑 이름을 바벨이라 불렀다. 바벨탑 사건이 없었더라면 지금처럼 외국어 공부를 하지 않아도 되었을 것이다.

아브라함의 손자 야곱은(창:28장) 팥죽 한 그릇에 형이 받을 축복을 가로채고 도망하다가 광야에서 돌을 베고 잠을 잤다. 꿈에 사닥다리가 땅 위에서 하늘까지 닿았고, 하나님이 나타나서 야곱에게 어디를 가든지 다시 이곳을 돌아오게 되리라 약속을 했다. 야곱은 하나님을 만난 곳이라 기념하여 베개 삼았던 돌단을 쌓고 이름을 벧엘이라 불렀다.

자연적으로 생긴 돌탑도 있다. 사람들이 농사지을 땅을 개간할 때 땅속에서 나온 돌로 밭 한적한 곳에 돌무더기를 만들면, 자연스럽게 돌탑이 되었다. 높은 산 고갯길에서나 외딴 길에서도 흔히 돌탑은 볼 수 있다. 맹수나 도적을 만나면 그 돌을 무기로 사용하기 위해서 준비해 두었다고 한다. 임진왜란 당시 돌무더기로 행주산성에서 치마에 돌을 날라 왜군 3만 명을 물리쳤다. 이때부터 앞치마를 행주치마라 불렀다.

강원도 강릉에 노추산 돌탑 골이 있다. 집안에 우환으로 아들과 남편을 한꺼번에 잃은 차옥순 여인이 꿈에 산신령이 나타나 노추산 계곡에 돌탑 3000개를 쌓으면 집안에 우환이 그친다하여 26년간 3000개를 만들었다. 노추산 돌탑 골은 관광명소가 되었다.

원주 치악산 제일 높은 꼭대기에는 엄청 큰 돌탑이 있는 것을 보았다. 맹수를 쫓을 목적은 아니 것 같았다.

돌탑에 대한 이야기를 하나하나 떠올리며 백담사 계곡 돌탑을 둘러보았다. 큰 탑은 바탕돌이 크고 작은 탑은 밑에 돌이 작다. 태풍이나 집중호우로 물이 불어나면 견뎌낼 탑은 없다. 해마다 계곡물에 쓸려가도 계속해서 돌탑은 만들어 지고 있다. 탑을 만든 사람의 마음만은 쓸려가지 못할 것이다. 우리 는 노아의 후손이기에 누구나 마음속에 소망의 탑을 쌓는 모양이다. 저주 받은 바벨이든 축복받은 벧엘이든 누구나 탑을 만들어 갈 것이다.

계곡 물속에는 산천어가 살고 있다. 무리지어 헤엄치는 정경을 바라보며 물속에 첨벙 들어가고 싶었다. 맑은 물소리가 산속 풍경을 조화롭게 했다. 이따금 울리는 징소리는 내 마음을 만진다. 나도 매끄러운 돌 하나를 작은 돌탑 위에 올려보았다.


관광객이 많다보니 단풍보다 사람들의 등산복이 울긋불긋 더

돋보이는 것 같다. 12대 대통령이 은둔했던 흔적을 돌아보았다. 그분도 백담사 계곡에 돌탑을 쌓았을까? 그분이 다녀간 후 백담사는 순결을 잃어버린 것 같다. 고요함보다 세속에 물들어 가는 모습이다.

조용하고 고즈넉한 수양처가 아니라 화려한 휴양지로 북적이고 오솔길은 포장도로가 되어 한적한 곳마다 건축 현장이다. 며칠 숙박을 하려고 온 사람들도 보였다. 사찰 주변에는 맛집 간판이 보이고 민박집도 들어섰다.

수많은 돌탑이 장마당 상품 같다. 여기저기 사진 찍는 모습이 보인다. 나도 스마트폰으로 돌탑과 사람들의 모습을 담았다.


돌아오는 길은 캄캄한 밤이었다. 가로등 불빛은 어둠을 가르며 획획 섬광처럼 뒤로 밀려갔다. 피곤한 눈을 감으니 수많은 돌탑과 북적이던 사람이 머릿속을 스친다. 밤이 되자 돌탑도 어둠에 잠기고 조용한 산속에 가을바람만이 골짜기를 어루만진다.

# 객석에서

　　광복절 기념식에 한 사람도 빠짐없이 참석하라는 공문
이 왔다. 나는 평소 출근하는 시간에 대구에서 구미 보건소로
갔다. 10시에 기념식을 하게 되어 여유 있게 제일 먼저 도착했
다. 기념식에 참석할 시각이 되어도 아무도 오지 않았다. 근처
에 있는 동료직원에게 전화를 했다. 그는 먼 데서 왜 왔느냐고
물었다. 기념식에 참석하러 왔다고 하니, 웃으면서 "우리는 안
가도 돼요. 윗사람만 참석해요." 한다. 내가 어리석은지 그들의
관행이 맞는지 궁금했다.

　　누구나 길을 가다가 때로는 넘어지기도 한다. 살다 보면 하는
일이 실패할 수도 있다. 그 결과를 해석하는 것은 사람마다 다

르다. 자신의 부족함을 살피고 좀 더 신중해지는 사람도 있지만, 그렇지 않은 사람도 있다. 고르지 못한 길을 탓하거나 그 일에 관련된 사람 탓으로 여기는 경우도 있다.

지방 법원에서 재판을 참관한 적이 있다. 내가 참관하려는 사람보다 먼저 재판받는 사람들의 모습을 지켜보았다. 젊은 청년이 고개를 숙이고 피고석에 서서 숨을 가다듬고 있다. 기죽은 모습이 죄인 같다. 그에게는 법적 의뢰인도 없었다. 증인석에도 아무도 없었다.

판사의 목소리가 날 선 칼같이 초초하게 다가온다. 객석에 청중들도 긴장되어 판결문을 기다렸다. 판사는 청년을 바라보며 고소된 사건 내용을 읽은 후 증거자료와 일치하지 않아 무죄라고 했다. 관중들 속에서 안도의 숨소리가 들렸다. 이어서 판사는 피고를 향해 질문했다.

"판결 사실을 게시판에 알리기를 원합니까?"

잠잠하던 청년은 그제야 상황을 판단하고 울음을 터드리며 주먹으로 눈물을 닦으며 말했다.

"네! 그렇게 해 주세요."

법정을 떠나는 청년은 발걸음이 가벼웠다.

다음 피고가 뚜벅뚜벅 앞으로 걸어 나왔다. 그는 처음부터 울면서 억울함을 호소했다. 아무것도 모르는 일이라고 했다. 변호사도 그는 초범이고 모르고 한 일이라고 하면서, 무죄 선고될

만큼 변호했다. 피고나 의뢰인의 모습이 말대로라면 피고가 억울함이 당연하다. 객석에서도 공감대를 형성했다. 하지만 판사의 결말은 객석에서 지켜본 사람들과 달랐다. 1심에서 판결된 공모 사기죄를 인정했다.

"피고는 사회에 끼친 파장으로 보아 죄목에 합당하므로 상고를 기각한다."

그는 처음 울며 억울하다고 하던 모습과 달리 씩씩하게 퇴장했다. 그 피고의 눈물은 청년과 같은 눈물이지만 내용은 서로 달랐다.

청문회 장면이 떠오른다. 청문회 때는 질문은 다양해도 답이 항상 같다.

"모르는 일입니다. 기억이 나지 않습니다."

시청자의 입장을 표현하지 않아도 그가 말한 그대로 믿는 사람은 드물다.

얼마 후에 지방 선거가 있다. 후보자들은 손을 모으고 머리를 조아리며 거리를 활보할 것이다. 선거 때마다 반복되는 화려한 공약들이 사방으로 날아오를 것이다. 사회의 약자를 향한 선심 공약은 늑대 소년의 목소리를 닮았다.


프로의 세계가 냉정한 것은 무대 위의 프로가 냉정한 것이 아니다. 관객이 냉정한 까닭이다. 진정한 프로는 관객을 탓하지 않는다. 관객이 배신하는 것이 아니라 프로가 어느 순간 몸값 이름값을 못하는 까닭에 자연스럽게 외면당하는 것이다. 관객은 지나간 것을 기억해 주지 않는다. 그들은 오로지 지금 무대 위에 있는 사람의 능력을 가늠할 뿐이다.

능숙한 연출자보다 진실한 사람이 관객 마음에 감동을 준다고 생각한다. 나는 객석에서 정치 프로들의 한판 경기를 기대하며 현실 감각이 없던 내 젊은 날의 모습을 추억한다.

# 시내버스

　어느 날부터인가 시내버스도 말문이 트였다. 어른이 승차하면 "감사합니다.", 학생이 타면 "안녕하세요.", 어린이 올라오면 "반갑습니다." 그뿐만이 아니다. 버스에서 내릴 때도 말을 한다. "하차합니다." 다른 버스로 옮겨 타면 "환승입니다."라고 알려준다. 사람의 말이 필요하지 않다. 버스가 직접 인사를 하고 승차 요금을 챙긴다.

　내가 70년대 초에 처음 대구로 이사 왔을 무렵에는 그렇지 않았다. 자주색 베레모를 쓰고 제복을 입은 안내양이 버스 문에 붙어 서서 요금을 직접 받고 승하차를 시켰다. 승객을 다 태우면 차장은 버스 몸통을 손바닥으로 탕탕 두드렸고 '오라잇' 소리를 지르면 버스가 출발했다. 버스정류장을 지날 때마다 안내양이 중얼거린다. 마이크도 없이 목소리를 높여서 정류소 이름을 불러준다.

나는 안내양의 말을 잘 알아들을 수가 없었다. 대구 사투리도 익숙하지 않은데, 말이 끝도 없이 주문 외우듯 흘려버리니 외국어를 듣는 느낌이었다. 승차 정원도 무시하고 손님을 태워서 출입문을 닫을 수 없으면 안내양은 힘껏 승객들의 등을 밀어 넣고 본인은 버스 문에 매달려 문을 닫지 않고 출발 신호를 보냈다. 나는 좌석에 앉지 못하면 사람 틈새에 끼어 갑갑했다. 앞이 보이지 않는다. 키 높이는 평균치보다 낮아서 손잡이도 도움이 안 되었다. 어떤 경우에는 내려야 할 정류소를 지나칠 때도 있어 당황스러웠다.

지금은 출퇴근 시간이 아닌 낮에는 노인들이 버스를 많이 이용한다. 노인들 중에는 교통카드 사용하는 것이 익숙하지 않다. 그냥 자리에 앉는 경우가 있다. 그럴 때면 영락없이 기사의 음성이 차안으로 울려 퍼진다.

"할머니 카드 찍으세요."

"아휴! 내 정신 좀 봐."

할머니는 비틀거리며 앞으로 나가 카드를 찍는다. 내릴 장소가 아직 남았는데 서둘러서 출입문 쪽으로 옮겨가면 또 호통소리가 들린다.

"할머니! 왜 자꾸 왔다 갔다 해요. 다쳐요. 다쳐!"

퉁명스럽다. 할머니는 기가 죽어 차가 멈추자 서둘러 내렸다. 좀 친절하면 좋겠다.

물론 모든 기사가 다 그런 건 아니다. 내가 버스에 오르자 운전기사가 말을 했다.

"어서 오세요."

"꼭 잡으세요."

"자리에 앉아주세요."

버스기사의 얼굴이 밝고 음성은 기분 좋은 테너 톤의 음성이다. 버스 뒷좌석에 학생들이 시끌벅적 떠들고 있었다.

"왜 장난 치노?"

"구부러지면 부끄럽데이."

학생들이 조용해졌다. 출발하는 버스에 학생이 급히 뛰어오르니 "차가 서면 타레이. 넘어진다."

횡단보도를 신호도 보지 않고 걸어오는 사람이 보였다.

"보도 않고 떳떳하게 걸어간데이."

"왜 차를 겁을 내지 않을까. 알다가도 모르겠네요." 하며 기사는 나를 바라본다. 마주친 시선이라 "그러게요"라고 맞장구를 쳤다. 좀 수다스럽긴 해도 차 안에 온기가 가득했다.


필리핀 바기오에는 지프니를 대표적인 대중교통 수단으로 이용한다. 지프니는 우리나라 미니버스 정도 크기다. 출입문이 따로 있지 않고 뒤쪽에 발판이 있어서 밟고 오르내린다. 지프니는 제2차 대전 후 남겨진 미군용 지프를 개조하여 좌석을 늘리고 외부에 화려한 색으로 치장해서 만든 것이 처음이다. 지금은 크기도 다양하고 외부를 요란하게 그림으로 치장하였다.

지프니는 정류장이 따로 없고 아무데서나 손을 들면 세워준다. 지프니 안에는 좌우로 긴 의자가 있고 가운데는 통로다. 승객은 마주 보고 앉는다. 승객이 뒷좌석에서부터 요금을 자기 옆 사람에게 전달하면 맨 앞에 앉은 승객이 요금을 모아서 운전기사에게 넘긴다. 돈이 없으면 뒤 발판에 서서 매달려 가면 된다. 이따금 지프니에 매달려가는 모습을 보면서 작은 배려지만 요긴하게 도움을 받는 사람들을 볼 수 있었다.

요즘에는 발달된 기계문명의 혜택으로 사람들이 편리하게 살고 있다. 안내원도 사라지고 소소하고 단순한 일들은 하나씩 기계가 처리한다. 반면에 실업자가 점점 늘어만 간다. 우리가 편해지는 대신 소중한 것을 잃고 있는지도 모른다는 생각에 머무는 동안 내가 내려야 할 정류소를 버스가 알려준다. 하차 카드 찍는 것을 잊고 차에서 내리고 말았다. 환승할 일이 없어서 다행이다.

오늘은 버스 몸통을 탕탕 두드리던 안내양 기억이 새롭게 떠
오른다.

# 올가미

　약한 자는 힘센 자의 먹잇감이다. 동물의 세계는 사냥 꾼이면서 먹잇감으로 살아간다. 만물의 영장, 사람들의 세계는 어떻게 다를까?

　공직을 퇴직한 후 일자리를 구하려고 기웃거리고 있었다. 직장에서 함께 일하던 친구를 만났다. 그는 반갑게 나를 맞이하면서 사업을 시작했다고 자기 사무실로 데리고 갔다. 사무실에는 150명가량이 말끔한 차림으로 업무를 보고 있었다. 직원 한 사람이 앞에서 사업 설명을 했다. 처음 듣는 말이라 이해가 되지 않았다.
　다음날 친구와 직원 한 사람이 우리 집으로 찾아왔다. 자기

회사를 소개했다. 의료기 임대 사업이라고 했다. 의료기를 사서 임대하면 임대 수익금이 발생하는데, 임대하는 일을 회사에서 알선해 주고 임대 수익금도 회사에서 받아 전해 준다. 투자한 의료기 값도 수익금과 함께 조금씩 나누어서 입금되기 때문에 7개월쯤 지나면 의료기 값도 다 받게 된다고 했다. 그는 체험관에 나를 데리고 가서 경험하게 했다.

다음날 또 다른 직원과 함께 우리 집으로 찾아왔다. 그 회사 직원이 되면 월급이 공무원보다 더 많으니 망설이지 말고 의료기 몇 대 사서 투자해 보라는 것이다. 의료기 2대 샀다. 일주일 지나자 약속대로 임대수익금이 농협 통장으로 입금되었다. 매일 아침 10시가 되면 원금 분할금과 임대 수익금이 입금되었다. 의료기 5대를 사서 투자하면 회사에서 정식 직원으로 입사되고, 임대 수익금 외에 월급으로 70만 원을 더 받게 된다고 3대를 더 투자하라고 권했다. 은행에서 대출해서 투자해도 매일 입금되는 돈으로 충분히 이자를 내고 남는다고 귀뜸을 해주었다.

나는 은행 대출 대신 적금을 해약해서 투자하고 오래된 보험금도 깨서 투자했다 이제 노후 자금은 걱정 없다고 그들이 나를 추켜세웠다. 5월쯤 지나는 동안 별다른 일 없이 잘 되었다.


입금될 시간에 돈이 들어오지 않았다. 관리자에게 물으니 회사 전산이 고장이라고 했다. 하루가 지나도 이틀이 지나도 돈이 입금되지 않자 직원들이 술렁거렸다. 경찰이 회사를 들락거리고 분위기가 어수선했다. 며칠이 지나서 희대의 사기 사건이 발생했다고 방송에 나왔다. 내가 투자한 회사다. 6개월 만이다. 많은 돈을 사기 당했다. 전국에 49개의 센터를 만들어 수만 명을 상대로 8조 원 상당의 피해 금액을 갈취한 조희팔 의료기 역렌탈 사기 사건이다.

동물의 세계에만 사냥꾼과 먹잇감이 존재하는 것은 아니다. 우리가 사는 세상에도 순진한 사람들을 노리는 유혹의 덫이 곳곳에 깔려 있다. 내 마음처럼 남을 믿은 것이 덫이 되었다. 요즘 마음 놓고 휴대전화를 받으면 위험하다. 의심하고 꼼꼼히 따져보고 대처해야 한다. 남을 의심해야 살아남는 세상이다. 나는 가훈으로 '정직'이라는 단어를 써놓고 아이들에게 세상에서 가장 용감한 사람은 힘과 권력을 가진 사람이 아니고, 정직한 사람이라고 가르쳤다. 하지만 오늘 내가 당한 낭패를 바라보는 자식들의 시선이 민망하다.

가슴앓이 10년이 흘렀다. 옛날 말이 호랑이 굴에 끌려가도 정신만 차리면 산다기에 희망을 버리지 않고 동분서주 용감한 사람을 따라 노력하고 있다. 정직한 사람을 인정하는 세상을 기다리며 역전의 꿈을 안고 머리 물린 개구리처럼 황새 모가지를 조이고 있다.

비상 대책 간부들은 은닉 자금 부동산을 헐값으로 팔아 자기 주머니를 챙기다가 줄줄이 재판 중이다. 피해자 단체는 동분서주 맨손으로 범인을 추적하고 사건 진상을 파악하기 위해 10년 동안 외로운 길을 걷고 있다.

사건이 터지자 법조계 중개인은 피해자에게 돈을 찾을 수 있다고 재판을 충동하여 수백 건의 민사소송을 만들었다. 피해자는 안중에도 없고 범인이 남겨 놓은 은닉 재산에 눈독을 들였다. 그러는 사이에 사기꾼은 태안 앞바다에서 밝은 대낮에 중국으로 유유히 사라졌다. 경찰의 늦장 수사도 원망스럽고 부실한 초동수사도 의문이 생긴다. 언론도 편파적으로 보도되고 아무도 피해자를 위해 도와주지 않았다. 유사 수신 사기 사건은 꼬리를 물고 생겨나지만 해결된 기미는 보이지 않는다. 정부의 관심이 절실히 요구되고 있다.

한순간 어리석은 선택은 내 삶 속에 자존감을 짓밟고, 경제적인 결핍이 흔적으로 남아 있다.

방문 앞에 앉아서 나의 출입 시간을 챙기던 시모님도
태산처럼 기대고 살던 남편도 떠났다.
앞에도 뒤에도 아무도 없고 나만 홀로 남아 있다.
초가을 솔바람이 볼을 스치고 지나간다.

# 행복한 아침

새벽 공기가 봄기운을 머금고 신선하다. 우리 교회는 1년 중 2월 마지막 주간에 전교인 특별 새벽기도회를 한다. 교회에 도착해 보니 거동 장애를 가진 교우들도 우리보다 먼저 전동차를 타고 와 있다. 어린 학생들까지 매일 아침 기도회에 참석한다.

나는 초등학교 2학년 때 친구 따라 처음으로 예배당에 갔다. 여름 성경 학교 행사를 하고 있었다. 성경동화 속에 용감한 다윗과 친구 요나단 이야기가 재미있었다. 새벽 종소리가 좋았다. 그때부터 종소리를 듣고 일어나 새벽기도회에 갔다.

어느 날 잠에서 깨어 보니 평소보다 날이 더 밝았다. 급히 교회로 달려가니 벌써 예배를 마치고 모두 집으로 돌아가고 있었다. 기도회에 참석하지 못하고 강변 너럭바위 밑에서 두 손을 모으고 기도했다.

"예수님 늦잠 잤어요. 내일은 일찍 일어나서 교회 갈 수 있게 해 주세요."

기도 하는 중에 머릿속에 영상이 떠올랐다. 빙그레 웃음을 머금은 사람이 내 양 어깨를 감싸주었다. 깜짝 놀라 눈을 뜨니 아침 햇살이 내려와 반짝거리고 사방은 고요했다. 기쁨이 밀려왔다. 집으로 돌아오는 발걸음이 신나고 가벼웠다. 하루 종일 즐겁고 행복했다. 유년 시절에 그렇게 신앙의 씨앗 하나가 자랐다.

시댁이 기독교 집안이고 보니 무늬만 믿던 나는 점점 더 깊이 예수님을 알기 위해 노력했다. 주일이면 온 가족이 교회에서 하루를 보냈다.

남편은 교회 성가대에서 찬양하고 시어머님은 주방에서 조리를 담당했다. 하지만 교회생활과 사회생활은 일치하지 않았다. 남편은 오락을 좋아하고 스포츠도 즐겼다. 술 마시고 싸움도 했다. 머리 박치기로 머리에 상해를 입히고 내가 근무하는 병원에 찾아오는 일도 있었다.

혼돈과 갈등이 발길을 머물게 했다. 교회에서 일어나는 불의한 일이 그랬고, 신앙 따로, 삶 따로 사는 교우들의 모습도 힘

빠지게 했다. 잘난 사람이 교회에 오는 것이 아니라 못나고 힘 없는 사람들이 찾아가는 곳이다 보니 생기는 모순이다. 사람은 좀처럼 변하지 않는다. 하지만 세상에서는 교리보다 먼저 교인들의 모습을 통해 교회를 평가한다. 처음부터 걱정 없고 잘되고 힘 있는 사람이 교회를 나가는 것은 특별한 은총이다.

내 기도의 우선순위가 남편이 술 끊고, 담배 끊고, 착실한 신자가 되는 것이다. 첫아이가 태어났을 때도 친구들과 아빠가 된 축하주를 마신다며 여러 날 늦게 귀가해서 속상했다. 둘째 아이가 피아노 전국경연대회에 나가는 날도 통금에 걸려 경찰서에서 잤다. 남편이 착실한 교인이 되길 원했지만 끝이 보이지 않았다.

시간이 말해주듯 남편은 어느 날부터 술을 마시지 않고, 즐기던 술 냄새도 맡기 싫어했다. 거짓말처럼 변하기 시작하더니 장로 직분을 받고 신학을 공부하고 충성스러운 신앙생활을 했다. 정작 건강에는 백해무익하다는 담배를 끊지 못하고 사람들의 시선을 피해 계속 피웠다. 결국은 뇌혈관이 막혔다. 그 후로 담배 연기를 맡으면 머리가 아프다고 질색을 한다. 뇌졸중 후유증으로 약간의 장애가 남았지만 내면으로는 감사했다.

믿음의 눈으로 바라보면 시간이 늦더라도 기도의 응답은 이루어진다고 좋아했다. 사람 사는 곳에 바람 잘 날 없다고 하던가. 우연한 기회에 건강검진을 받아보니 방광암이 발생한 것이다. 3년 동안 3번을 재발하는 바람에 온 가족을 힘들게 하며 투병한 끝에 작년 가을에 좋은 소식을 들었다. 건강관리를 바르게 하지 못한 것이 부끄러웠다. 지금부터라도 소중하게 관리해야겠다고 다짐해 본다. 아무리 좋은 기계라도 함부로 다루면 고장이 나듯이 사람의 몸도 잘 간수해야 한다는 교훈을 얻었다.

나의 삶 속에도 숨 막히게 어려운 고비가 있었다, 하지만 모든 일을 합력하여 선하게 하시는 하나님의 능력을 믿는 구석이 있어 기죽지 않았다. 묵상 중에 지난 세월을 돌아보니 걸어온 자국마다 주님이 함께 하심을 믿는다. 두 볼에 눈물이 타고 내린다. 감사의 찬양이 영혼에서 흘러나온다.

"주님이 여기까지 인도하셨나이다. 에벤에셀의 하나님 감사합니다."

예배를 마치고 교회 문을 나서니 아침 햇살이 눈부시다.

우리는 이제 교회 직분을 내려놓고 일선에서 물러나 편안한 신앙생활을 하고 있다. 다난하던 지난 세월을 돌아보며 여기까지 함께 온 것이 어디냐고 행복에 젖어본다. 남편도 내 마음을 아는지 환한 미소를 보낸다. 남은 시간도 오늘처럼 행복한 나날이 되길 소망한다.

# 불청객

　남편이 내 구두를 닦았다. 나를 바라보며 "열심히 신고 다녀라." 하며 웃는다. 서울로 가는 KTX 역방향 좌석에 앉았다. 항암 치료받으러 가는 길이다. 살다 보면 때론 역주행하는 경우가 있나 보다. 보이는 것들이 미끄러지듯 뒤로 달아난다. 지나간 일들이 떠오르고 사라지고 숨바꼭질한다. 문득 폐차장 건물 앞에 시선이 머문다. 부서진 차들이 산처럼 쌓여서 엉켜져 있다. 저 차들도 한때는 도로 위에 달리고 있었겠지!

　며칠 전에 출혈이 있었다. 아침 일찍 산부인과로 갔다. 의사가 산부인과 질병이 아니라고 한다. 방광에서 출혈이 있다고 했다. 가까운 거리에 내과 병원이 눈에 띄었다. 점심시간 한 시간을 기다려야 해서 시장에 들러 양송이버섯과 표고버섯을 샀다. 설 대목장이라 신선한 물건들이 많았다. 내과 의사가 문진을 하더니 비뇨기과로 의뢰한다. 비뇨기과에서 MRI 검사를 하고 CT 촬영을 했다. 비뇨기과 의사는 사진을 보면서 보호자를 찾았다. 심상치 않은 예감이 스친다. 버섯이 든 검정 비닐봉지가 거추장스럽다. 비닐봉지를 병원 대기실 구석에 숨겨놓고 막내딸에게 전화했다. 화원에 사는 막내딸이 해가 질 무렵 달려왔다. 나는 딸에게 넌지시 검은 비닐봉지를 내밀었다.

"이게 뭔데요?"

"버섯이야?"

"버섯은 왜 샀어요?"

"그냥 샀어."

둘이서 마주 보고 웃었다.

비뇨기과 의사는 방광에 종양이 보이며 출혈이 많으니 오늘 밤에 대학병원에 가서 수술 예약을 해야 한다고 했다. 나는 졸지에 중환자가 되었다. 내 허락도 없이 내 속에 불청객이 있다는 것이다. 소식을 들은 큰딸이 서울 목동 병원으로 오라고 했다. 사위는 내가 들고 간 CD를 컴퓨터에 넣고 살펴보더니 방광에 출혈 부위가 보인다고 했다. 그는 혈액암 전문 의사다. 생각보다 종양이 작아서 다음날 쉽게 수술을 받았다. 하지만 조직검사 결과 암세포가 발견되었다.

순간 나는 온몸으로 전율을 느꼈다.

"나는 항암 치료받기 싫어." 하고 소리쳤다.

"엄마! 어떻게 그냥 있어요."

딸은 아이 달래듯 조심스럽게 말했다. 순간 내 머릿속으로 휠 체어를 탄 창백한 얼굴이 스친다. 흰 모자를 쓴 암 병동 환자다. 둘은 말을 멈추었다. 그날 밤잠을 설쳤다. 내가 암 환자가 됐다 는 것을 수용할 수가 없다. 눈물이 말라 안구건조증인 눈에서 물이 줄줄 흐른다. 나는 요양보호사 강의를 하면서 암 환자 간 호와 진행 과정을 가르쳤다, 하지만 그 대상을 나로 생각해본 적은 없었다. 남의 일이었고 학문이었다. 나도 암에 걸리는구 나. 모든 것을 내려놓으란다. 평생을 품고 살다 이제 막 시작한 것까지도 용납하지 않았다. 항암 치료를 포기하고 그냥 지내고 싶었다. 그것도 내 맘대로 하지는 못했다. 6주간의 약물 주입 치료가 시작되었다.

암세포보다 강한 결핵균을 투입해서 암세포를 약화시키고 면 역기능을 강화하는 치료법이다. 그놈은 암세포보다 더 독한 놈 이고 전술도 뛰어나겠지만 만약 그놈이 더 승승장구한다고 해 서 좋을 것도 없다. 그 또한 나의 적군이니까 언제 내게 화살을 돌려 댈지 모를 존재다. 아니면 힘겹도록 조공을 바치라고 협박 을 할지도 모른다. 그래서 나도 꼼수를 챙기지 않으면 낭패를 볼 수도 있는 일이다.

풍전등화 같던 조선의 모습이다. 일본을 믿을 수 없어 청나라에 도움을 청하고 노심초사하던 고종황제의 심정이 이랬을까? 사위집에서 치료받는다는 소식을 듣고 사돈에게서 꼼꼼히 쓴 편지 한 통이 왔다.

성훈이 할머니께.

안녕하세요? 몸 상태는 좀 어떠신지요. 어떻게 말을 해야 할지 조심스럽고 망설여집니다. 아프시다는 말을 전해 듣고 저 또한 마음이 편치 않았습니다. 물론 심각하게 생각해서 드리는 말씀은 아닙니다만, 정신적으로 충격이 크셨을 거라는 생각이 들어서 조금이나마 위로의 말을 드릴까 해서요. 전화로 안부를 묻고 싶었지만 대답하기도 싫은 심정일 거라는 생각이 들어서 몇 자 적었습니다. 그나마 다행인 것이 심각한 상태나 치료 부위가 어려운 곳이 아니라 정말 다행이라고 생각했습니다.

이제 우리 자식들 다 키워서 보내 놓고 편안히 세월을 보낼 나이가 아닙니까. 저 또한 고생을 다 하고 내가 하고 싶은 일을 하며 즐거운 여생을 보내기를 꿈꾸고 있습니다. 돌이켜보면 지나온 세월이 고생스럽고 지루하고 길었던 것 같은데 요사이는 세월이 얼마나 빠른지 뒤돌아보고 후회할

름도 없네요. 성훈이 할머니께서도 그동안 가족을 위해 수고하셨는데 이제는 편안하게 내가 하고 싶은 것 하며 또 손자들 재롱에 자식들 잘되어 가는 것을 보며 행복한 나날을 보내셔야죠.

힘내시고 치료에만 전념하세요. 그래서 당신이 고이 길러 보내신 사랑하는 딸이자 이제 내 딸이기도 한 성훈이 엄마의 큰 기둥이 되어주세요. 그리고 내가 고이 기른 내 아들을 아들 삼아 편안한 마음으로 대하시길 바랍니다. 성훈이 엄마도 착하지만 내 아들도 착하고 자랑스럽습니다. 이렇게 쓰다 보니 자식 자랑하는 것 같네요. 아무튼 빨리 회복하셔서 이것이 옛말이 되기를 기원합니다. 아무 걱정 마시고 치료에만 전념하세요. 어떻게 생각하면 인생을 좀 더 진지하게 배우는 계기가 되지 않을까 하는 생각이 드네요.

신은 우리에게 모든 것을 다 주지는 않나 봐요. 빨리 회복될 수 있으면 긍정적인 사고와 편안한 마음으로 치료에 임하시길 바랍니다. 그래서 자식들의 버팀목과 바람막이가 되어주시길 부탁드립니다.

힘내세요. 아자, 화이팅!!!

2012년 1월 16일 지현이 할머니 드림

치료는 생각보다 힘겨운 시간이었다. 세상에서 가장 편안한 장소가 화장실이다. 소변이 나올 것 같은 순간이 지속적이다. 그렇게 하루쯤 안절부절못하다 보면 허리도 아프고 숙면이 되지 않는다. 소변에는 전쟁의 잔해들이 들어 있다. 작은 먼지 같은 부유물이 보였다. 먼저 들어온 불청객과 나중 투입된 침입자의 공격으로 내 오줌통에서는 24시간 전쟁을 한다. 나는 이따금 온몸에 힘이 소진되어 땅으로 스며들 것 같았다. 종종 구역질이 날 것 같아 위장약을 먹었다. 내 눈으로 한 번도 본 적 없는 불청객은 내 삶에 엄청난 변화를 몰고 왔다. 나에게 절망과 고통을 안겨주기도 하고, 내 주위에 있는 사람들의 사랑과 관심을 끌어들이는 도구가 되기도 했다.

자식들은 단걸음에 달려와 효심을 보이고 둥지교회에서는 합심으로 중보 기도를 올렸다. 지인들은 위로의 소식을 보냈다. 남편은 불청객이 나타난 후로는 밥도 짓고 청소도 하고 빨래도 자기 몫이 되었다. 몸이 아주 아픈 것도 아니면서 은근히 호강하는 기분이 들기도 한다. 절망 속으로 밀려가던 생각이 조금씩 제자리를 찾아갔다. 그렇게 하는 동안 불청객도 항복한 것일까? 계획대로 6주가 되어 일차 치료를 마쳤다. 폭풍 후에 잔잔한 바다가 이런 모습일까!

# 휴양지에서

　　항암 치료 후 지리산 두레마을 휴양지에 도착했다. 남편과 하룻밤을 보냈다. 떠나면서 혼자 있을 수 있겠느냐고 물었다. 산에 나무들이 진초록으로 물들어 눈이 부시다. 둘레길 따라 보라색 벌개미취 꽃이 만개하여 반겨주었다. 오랜만에 자연 속에 혼자 머물게 되었다. 이제 마음 놓고 울어도 되겠다는 생각을 했다. 시원한 바람을 타고 풀벌레 소리가 들려온다. 얼마 동안 숨고르기를 하고 다시 제자리로 복귀하는 것이 목표다.

　　방광암 진단을 받고 나서 자신과 진지한 의논도 하지 못하고 의사와 가족들의 결정에 떠밀려 수술을 받았다. 암은 초기라고 하지만 수술만으로 끝이 아니다. 숨어 있는 암세포를 없애기 위해 항암 치료를 받아야 했다. 거절하고 싶었다. 그것도 내 의사와는 무관하게 진행되었다. 방법은 살아 있는 결핵균을 방광 속에 6주 동안 반복 주입하는 일이다. 이열치열이라는 단어가 생각났다. 독한 것은 더욱 독한 것으로 대처하는 방법이다.

보건소에 근무할 때 폐결핵 환자를 관리한 적이 있다. 결핵균과의 전쟁은 치열하고 지루한 싸움이다. 별다른 증상도 없으면서 온몸을 무력하게 만든다. 치료약에 대한 면역도 잘 생겨서 치료약도 계속 변경해야 하는 무서운 병균이다. 그토록 두렵게 생각했던 살아 있는 균을 내 몸속에 주입한다고 생각하니 모골이 송연했다.

내 몸은 순식간에 전생터가 되었다. 결핵균이 암세포를 식별하여 죽이는 전쟁을 치르고 나면 체력이 바닥을 치도록 소진했다. 남편과 함께 반세기를 살면서 때론 낯선 사람으로 보일 때도 있었지만 몸이 아프고 보니 누구보다 편했다. 아무도 그 자리를 대신할 사람은 없었다. 자식들은 겉옷 같고 울타리지만 남편은 속옷이고 버팀목이었다.


지리산은 웅장하고 평온했다. 산이 크면서도 능선이 완만하여 거칠지 않았고 넓은 농토를 품고 있어 풍요롭다. 아침이면 능선 위 십자가의 길을 걸으며 마음을 다스렸다. 계곡에 흐르는 물소리는 청아하고 옹골차다. 창조주를 찬양하는 노랫소리다.

자연의 아름다움을 누리는 동안 어느새 초록색이 윤기를 잃어가고 산등성이 다랑논에는 벼이삭이 수북이 올라오고 있다. 가을이 스며든 모양이다. 해 질 무렵이면 고추잠자리가 몰려와 가을 하늘을 날았다.

휴양지에는 아담한 단층 목조건물이 옹기종기 모여 있다. 여름 성수기가 지나자 빈방이 많았다. 내 숙소에도 방 네 개 중에 모두 떠나고 나 혼자 남았다. 식사는 공동으로 제공했다. 삼시 세끼 종을 울려 식사시간을 알리고 종소리에 이끌려 식당으로 모여들었다. 밥 하는 사람이 정해진 것도 아니다. 누구든 주방에 들어가서 밥을 짓는다. 무질서 속의 질서는 막힘없이 잘 돌아갔다.

아침마다 목사님과 공동체 사람들이 예배를 드리고 하루의 일을 배정하고 결과를 확인했다. 30여 명이 생활하는데 개인 사생활에 대한 정보는 묻지 않는 것이 상식으로 되어있다. 그러다 보니 몇 주가 지나도 서로 이야기를 나누지 못했다. 처음에는 갑갑하고 삭막하였지만 차츰 적응하고 보니 도리어 부담을 느끼지 않아서 편하다고 생각했다.

어느 날 아침 분위기가 어수선했다. 몇 년을 함께 지내던 사람이 소식도 없이 사라졌다. 그는 힘이 있어 밭일을 잘하는 큰 일꾼이었다. 어디서 왔다가 어디로 갔는지 아는 사람은 없었다. 다만 일손이 줄어든 것이다. 긴 시간 함께 살았지만 철저하게 타인이다. 오후에 남자 두 사람이 새로 와서 다시 빈자리를 채웠다. 오는 사람 막지 않고 가는 사람 잡지 않는 곳이다. 시간이 지날수록 일할 사람이 줄어서 농사일이 힘겹다고 했다. 생활비도 자유롭다. 내고 싶으면 형편대로 내고 없으면 그냥 지내도 빚 독촉은 없다. 농사를 지어 자급자족한다고 했다. 올해는 고추 농사가 잘됐다며 빨갛게 잘 익은 고추를 마당 가득 멍석에 말렸다. 탐스럽고 보기 좋았다. 참깨와 들깨도 많이 달렸다고 좋아했다. 산속에서 약초를 수집하여 숙성시켜 효소를 만들어 특산물로 팔았다.

휴양지를 찾아오는 사람들은 나름대로 아픔과 마음의 상처가 있었다. 철저하게 함구하고 있는 그들은 누구에게 의지하거나 하소연하지 않았다. 알 속에서 병아리가 나오려면 스스로 알을 쪼아야 하고, 어미 닭이 소리를 알아듣고 알을 쪼아주면 안과 밖에서 동시에 깨어져야 새 생명이 태어나듯, 스스로 내면에서 껍질을 깨뜨리고 있는 사람들이다. 나 또한 내 안의 나와 타협을 하며 살아내고 있다. 나는 늙어서 몸이 아프면 수술 같은 건 하지 않고 집에서 투병하다 가리라 다짐한 적도 있었다. 하지만 막상 닥치고 보니 그것도 내 마음대로 선택할 기회가 없다는 것을 알았다.


저녁에 비가 부슬부슬 내리더니 소나기로 변해 갑자기 물이 불어났다. 골짜기마다 폭포같이 물이 흘렀다. 바람이 세차게 불었다. 담장 밖에 있던 밤나무에서 밤송이가 수두룩 떨어져 여기저기 굴러다녔다. 그다음 날은 밭에서 농사일을 할 수 없었다. 이런 날에는 보수공사를 했다. 하수구 막힌 곳을 뚫기도 하고 허드레 판자들은 모아 들마루를 만들었다. 들마루 감으로는 쓸 수 없는 작은 판자 조각들은 잘 다듬어서 화단에 울타리를 만들었다. 구부러진 못도 두들겨서 바르게 하여 다시 사용했다. 놀라운 부활이다. 목사님 솜씨가 전문가 같았다.

"목사님! 언제 그렇게 목수 일을 배우셨어요?" 물으니 예수님도 목수였다고 하시며 웃음 지었다.

이곳에 모인 사람들도 재활용 제품처럼 부활하는 것일까. 굽은 곳은 펴고, 찢어진 곳은 붙이고. 두레마을 휴양지를 거쳐 가는 모든 이들이 새로운 세계로 부활하길 기도했다. 나에게도 새로운 삶의 기회를 허락하심에 감사하며 덤으로 받은 삶을 소중하게 살겠다고 다짐했다.

# 그 바닷가

부산으로 가는 도롯가에 금계국이 한창이다. 샛노란 꽃 송이가 바람에 일렁일 때면 꽃말처럼 상쾌한 기분이 든다. 교회 모임에서 봄 여행을 하는 중이다. 나이에 맞지 않은 탄성이 울렸다. 일행은 들판을 바라보며 짙어가는 초록의 세계를 감상한다. 해운대 해수욕장은 모래밭이 잘 정돈되어 올여름 손님을 기다리고 있다. 우리는 즐거운 모습으로 바닷가를 걷기도 하고 모래밭에 모여 앉아 이야기를 나눈다. 푸른 물결 깨끗한 모래는 옛날 그때처럼 여전하다. 내 마음은 추억으로 인해 아리다.

결혼하던 그해 남편과 해운대로 여행을 갔었다. 넓은 백사장, 출렁이는 바다가 황홀하게 느껴지고, 바다는 그 마음을 알기나

한 듯 흥겹게 출렁거렸다. 우리는 시간 가는 줄 모르고 바닷가를 거닐며 내일의 꿈과 희망을 노래했다.

갑자기 호각소리에 화들짝 놀라 발걸음을 멈추었다. 경비원이 다가오면서 우리를 주시했다. 남편은 민망한 듯 들고 있던 오징어포를 경비원에게 내밀고 경비원은 밤이 너무 깊었다고 말했다.

남편은 직장에서 테니스 선수였다. 직장 대항경기가 자주 있었고 그럴 때마다 늦은 시간에 집으로 왔다. 어느 날 통금시간이 지나도 돌아오지 않았다. 사람을 기다린다는 것은 참 지루한 일이었다. 처음에는 늦어진다고 짜증이 나고 속상하지만, 통금시간이 지나면 짜증은 걱정과 근심으로 변했다. 내 귀는 현관문에 달아놓고 밤새도록 뜨개질을 했다. 창문이 훤히 밝았다. 아이들을 서둘러 학교에 보내고 집안 정리를 하는 동안 걱정이 극도에 달했다. 출근 시간이 임박해서야 현관문을 열고 초췌한 모습으로 남편이 나타났다. 나는 말을 잊은 채 아침상을 차리고 남편은 출근 준비를 했다. 그는 무슨 변명이라도 하고 싶어서 기회를 찾았지만, 여유를 주지 않았다. 속에서는 따지고 채근하고 싶은 말이 부글부글 끓어 올라왔지만, 출근할 사람 마음을 건드리고 싶지 않았다. 남편이 출근하자 나는 밖으로 나섰다. 그냥 집에 있기는 힘들었다. 딱히 정해놓은 곳이 없다 보니 바다가 보고 싶어 고속버스터미널에서 해운대행 표를 샀다. 버스가 출발하려는 순간 급히 차에 오른 사람이 있었다. 남편이었다. 내 옆자리에 와 앉았다. 갑작스러운 상황에 말할 기회도 없이 차는 출발했다. 한참 후에 "근무는?" 하고 물었다.

"오늘 휴가 냈어."

짤막하게 대화를 마친 후 창밖으로 시선을 돌렸다. 그날 남편은 벙어리처럼 나를 따라다녔다. 바닷가 모래 위를 걸으며 출렁거리는 바닷물을 바라보았다. 잔잔한 물결이 모래톱을 만들고 좀 더 큰 파도가 휩쓸기를 거듭했다. 둘이서 발자국을 만들면 기다린 듯 파도가 찰싹거리며 모래 위에 흔적을 지워버렸다. 거듭되는 광경을 응시하며 삶을 생각했다. 구겨지면 다시 펴고 구겨지면 또다시 펴면서 날마다 새로운 삶을 살아가는 것이라고 말하는 것 같았다. 정오가 지나면서 시장기가 왔다.

"점심은 뭘 먹을까?"

그러자 남편은 얼굴이 환해서 해변에 있는 식당을 가리켰다. 아침밥을 거르고 왔던 탓인지 생선 회덮밥이 구미에 맞았다. 포만감이 차오르자 팽팽하던 분노가 차츰 느슨해졌다. 남편은 어느새 내 손을 잡으며

"미안해! 다신 그런 일 없을 거야." 하고 잡은 손에 꼭 힘주며 약속했다. 나는 묵묵히 듣기만 했다. 바닷바람이 시원했다. 잔잔한 물결은 해변을 쓰다듬고 밀려갔다.

석양빛이 물들자 일행은 돌아갈 차비를 하면서 기념사진을 찍자고 나를 찾았다. 노년층 교회 친구들이다. 모두 엉거주춤한 모습에 마음만은 청춘이라 나름대로 자세를 취하고 함박웃음이다. 만남의 장소라고 팻말이 세워진 곳에서 기념사진을 찍었다.

한 친구가 살며시 내손을 잡으며 말했다.

"많이 힘들지! 인생이란 다 혼자 살아 내는 거야! 언젠가는 헤어지게 되어있어. 아직은 힘들겠지만, 시간이 지나면 조금씩 적응하게 될 거야."

위로의 말이었다. 모두 남편을 먼저 보낸 홀몸 노인들이다. 그들도 나처럼 힘들었나 보다. 남편 자리가 그렇게 큰 줄도, 소중한 줄도, 예전엔 짐작 못 했다. 그와 같이 있을 때는 내가 잘나고 나만 잘하는 줄 알았다. 하지만 떠나고 나니 삶 속에서 그의 흔적이 내 마음을 순간순간 잡고 늘어진다.

밤늦게 귀가해도 좋고, 새벽에 들어와도 좋겠다. 병들어 누워 있더라도 곁에 있으면 이렇게 허전하진 않을 것이다. 남편은 폐암 수술을 받고 나서 일 년을 견디다 올봄에 내 곁을 떠났다. 여름엔 그 바닷가에 같이 가자고 약속했지만, 갑자기 상태가 악화되면서 중환자실에서 일주일을 기계 힘으로 견디다 말없이 삶의 끈을 놓아버렸다.

방문을 열고 들어서자 웃음을 지은 영정사진이 나를 기다리고 있다.

"나 오늘 혼자서 그 바닷가에 갔다 왔어!"

아무런 말이 없다. 뜨거운 기운이 솟구친다.

황홀했던 그 바닷가!

용서를 알려주던 작은 파도가 오늘은 그리움만 안겨주었다.

텅 빈 방 안에 외로움이 밀물처럼 온몸을 감싸고 돈다.

# 아침 바다

　　칠포리 해수욕장에 갔다. 손녀가 며칠 후면 미국에 있
는 대학에 입학한다. 미국으로 가기 전에 가족이 함께 바다에
가고 싶다고 했다. 손녀는 필리핀 바기오에서 어학연수할 때 내
가 따라가서 뒷바라지 해주었다. 내가 낯선 곳에 가서 고생하며
돌봐준 보람이 있어 기쁨이 남다르다.

　해수욕장은 아직 성수기가 아니라 조용했다. 일찍 일어나는
습관이 있어 모두 잠든 시간에 일어나 아침 바다를 보러 갔다.
가족 여행이라고 하지만 딸네 가족 속에 더불어 왔기에 내 마음
은 별다르게 외로움을 탔는지도 모른다.

　아직 해가 떠오르기 전인데 칠포리 바다는 맑다. 끊임없이 물

결치는 아침 바다는 사방이 조금씩 더 밝아지고 있다. 마치 푸른 천으로 단장해 놓은 천상의 무대 같다. 가장 맑고 가장 정결하고 가장 아름다운 아침은 절대자의 숨결이 내 영혼에 접하는 듯 황홀한 느낌으로 온몸을 감싼다. 내 마음도 아침 바다처럼 고요하고 신비스럽다. 바다와 내가 마침내 하나가 된 것인가. 마음이 지극히 평온하다.

해가 떠오르고 있다. 눈이 부셔서 똑바로 바라볼 수가 없다. 해는 없고 빛만 있다. 빛의 향연이 벌어지기 시작했다. 너무 요란스럽지 않게, 너무 화려하지 않게, 너무 두렵지 않게 만물이 자신을 드러낼 수 있도록, 모든 것이 가장 아름다운 모습으로 보이도록 빛의 세기와 뜨거움이 조화롭다.

한 가지 생각이 떠오른다. 이런 곳에서 그이와 함께 춤을 출수 있다면, 우리의 생각이 이렇게 자유로울 수 있었으면, 영원할 수 있다면. 이 아침에 한없이 보고픈 사람이여! 당신이 가슴을 넓히고 멋지게 불던 '해변의 길손' 트럼펫 소리가 듣고 싶어라! 영화 속 장면처럼 머릿속에 생각들이 떠오른다. 타이타닉도 있고 가족여행을 했던 실자라인도 있고 남편과 함께 거닐던 그 바닷가 모래톱도 보인다. 사람이 걸어온다. 가까이 오면서 점점 희미하게 사라진다. 눈을 뜨고도 환상이 보이다니! 감정이 극에 달하면 오히려 단순해지는 것인가! 대자연의 합창이 빛의 쇼와 더불어 끝없이 울려 퍼진다. 눈을 감지 않고도 꿈을 꾸고 있는 것 같다.

"아침 해가 돋을 때 만물 신선하여라!"

찬양이 내 입술에 머물고, 해는 없고 빛만 보이더니 태양이 모습을 나타나자 정작 빛줄기는 사라졌다. 아침 바다는 온통 붉은빛으로 물들고 바닷물은 춤추듯 출렁인다. 나의 온 몸을 휘감던 머릿속 영상도 그리움만 남기고 자취를 감췄다. 쉴 새 없이 철썩거리는 아침 파도에 바닷가 모래 위 물새 발자국이 스르르 녹아내린다.

# 이웃집

　　이웃집은 우리 집과 벽 하나 사이다. 윗집에서 나는 기침 소리도 들리고 변기 내리는 물소리도 들린다. 아랫집은 우리 집에서 쿵쿵 소리가 들리면 득달같이 달려온다. 어린 손자들이 오면 미리 뛰지 말라고 일러두어야 마음이 놓인다. 현관 벨 소리가 요란하다. 아랫집에서 베란다에 물이 쏟아진다며 찾아왔다. 우리 집에서 물을 붓지 않았다고 들어와 보라고 했다. 유리문은 닫혀 있고 윗집에서 물이 흘러 우리 유리창에도 흐르고 있었다.

　　어린 시절 시골에 살 때는 집집이 울타리가 있었고 호박 넝쿨이 울타리를 타고 올라 마디마다 호박이 달렸다. 아침이면 어머니는 이슬 묻은 애호박을 몇 개 들고 오셨고 이웃집에 나누어 주었다. 옆집 아줌마는 텃밭에서 풋고추를 따면 우리 집에 놓고 갔다. 그 당시에 울타리는 소통의 문이고 나눔의 장이었다. 유치원 동요 중에 "울도 담도 없는 우리 집을 지어요."라고 부르면서 도시의 높은 벽돌담을 헐어 버린 시절이 있었다. 멀리 있는 친척보다 가까운 이웃이 더 좋다고 이웃사촌이라고 했다.

80년대 저층 주공아파트 살 때는 계단을 오르내리면서 아랫집과 윗집 사람들을 만나면 서로 반가운 인사말도 나누고 별다른 음식을 하면 나누어 먹고, 때론 함께 만나 차도 마시며 살았다. 2000년대 접어들어 재건축을 하면서 고층아파트로 변신하자 상황이 달라졌다.

어느 날 통장이 우리 집을 방문했다. 주공에 살 때 아랫집 사람이었다. 참 반가웠다. 90이 넘으신 시모님의 안부를 확인하기 위해서다. 요양 병원에 계신다고 확인 사인을 했다. 이웃끼리 소통이 없다 보니 방문해서 생사 확인이 필요하다고 말했다. 남편 소식을 물었다. 나는 잠시 숨을 고르고 나서 입을 열었다. 올봄에 돌아가셨어요. 그는 깜짝 놀라 요즘 보이지 않아 물었다며 당황스러워했다. 참 좋은 분이셨는데 주공에 살 때 우리 아이들을 너무 예뻐하시고 이따금 용돈을 주어서 기억에 남는다고 했다. 혼자 사느냐고 물었다. 대답 대신 그냥 웃고 말았다. 그도 잠시 할 말을 찾지 못하고 내 얼굴만 바라보았다. 두 분이 손잡고 다니는 모습이 좋았다며 혼잣말을 했다.

나는 메모지와 볼펜을 내밀며 통장 전화번호와 주소를 적어 달라고 부탁했다.

"남편이 저세상 떠난 후 6개월이 되는데 서울에 가서 입원 치료를 하다 돌아가시니 이웃에 알릴 기회가 없었어요. 일부러 알리고 싶지 않아서 이웃집은 아무도 몰라요." 하니 통장은 당연하다는 듯이 "그럼요, 알리지 마세요. 무슨 일 있으면 우리 집에 전화하세요." 하며 내 손을 꼭 잡았다.

이웃집은 울도 담도 없는 벽 하나 사이지만 이름도 얼굴도 모르는 낯선 사람들이다. 집에서 들리는 소음에는 민감하지만 정작 내가 슬픔에 못 이겨 통곡을 할 때는 아무런 반응이 없다. 오히려 이웃집에 남편 없이 혼자 산다는 것을 감추고 싶어 남편 구두를 현관에 놓고 산다. 구두가 나를 지켜주기라도 하듯이….

# 할아버지 냄새

그가 없어도 가을이 오고 단풍이 물들고, 세월은 속도
와 절기를 지키며 흘러가고 있다. 나는 캄캄한 밤에 길 잃은 나
그네처럼 당황스럽고 암담했던 순간에서 천천히 자세히 사방
을 둘러보며 홀로서기를 습득하고 있다. 두 해를 그렇게 보내면
서 조금씩 익숙해진다.

정리하지 못한 남편의 유품 몇 가지가 남아 있다. 마지막까지
입고 있던 속옷과 겉옷이다. 품질이 좋은 것도 아니고 멋진 것
도 아니다. 그것은 남편의 체취가 묻어 있어 손에서 떠나보낼
수가 없었다. 그것을 통해 그를 느낄 수가 있었고 함께 있는 것
같았다. 그 마음을 누구에게도 들키고 싶지 않았다. 중환자실로

옮겨 가면서 간호사에게 돌려받은 틀니도 그렇다.

손자가 방학이 되어 찾아왔다. 할아버지 영정 앞에 서더니 얼굴이 붉어지며 오열한다.

"할머니, 난 아직 인정할 수 없어요!"

목이 멘 목소리다. 손자가 유치원 다닐 때부터 남편은 손자를 보살펴주는 일을 맡아서 했다. 손자는 초등학교 시절부터 야구를 좋아했다. 하지만 장남을 야구선수로 만들고 싶지 않은 부모 마음으로 갈등이 있었다. 글로벌 선진학교에 입학해서 공부에 전념하기를 원했는데 설상가상으로 그 학교에 야구부가 창설되면서 선발에 지원하여 합격된 것이다. 자식 이기는 부모가 없다는 말을 긍성이라도 하듯 부모는 아들이 원하는 길을 인정했다.

남편은 유난히 운동을 좋아했고 야구를 하는 손자를 자랑스러워했다. 고교 야구 시합을 할 때마다 경기장이 어디든 따라다니며 관중석에서 함께 웃고 함께 힘들어했다. 남편이 세상을 떠난 후 손자는 몇 번이나 관중석에 앉아있는 할아버지를 보았다며 혼란스러워했다.

손자는 지금 애리조나 주립대학에서 야구 공부를 하고 있다. 야구선수가 돼서 할아버지를 기쁘게 해드린다고 한 약속을 기억하며 슬픈 기색을 감추지 못한다.

"할머니! 이 옷 내가 입어도 돼요?"

옷장에서 할아버지 옷을 발견한 것이다. 나는 멍하니 그를 바라보았다. 안 된다고 할 여유도 없이 옷을 두 손으로 움켜 들고 얼굴을 파묻었다.

"할아버지 냄새다!"

외마디소리를 하며 눈시울이 붉어졌다. 세탁하지 않아서 찜찜하게 느낄지 모른다는 생각이 들던 순간인데 뜻밖이었다. 가슴이 뭉클했다. 나 말고 그 사람 냄새를 그리워하는 사람이 있다는 사실에 위안이 되었다. 그 옷은 손자가 가지고 가도 좋다는 생각이 마음속에서 들려왔다.

이제 남편의 부분 틀니가 남아있다. 아무도 탐내지 않는 남편의 흔적이다. 60대 후반에 갑자기 치아가 상해서 부분 틀니를 하게 되었다. 틀니 덕분에 음식을 먹고 말하는 데는 불편하지 않았지만, 좋아하던 트럼펫 연주는 불가능했다. 실망한 표정을 감추며 그 후로는 나팔을 내려놓았다.

교회에서 '저 높은 곳을 향하여' 찬양을 연주했을 때 많은 성도가 감동하며 기뻐하였고, 한여름밤 바닷가에서 나에게 들려준 '해변의 길손'은 반 백 년이 지나도 가슴에 머물고 있다.

이제 그도 가고 나팔 소리도 사라지고 네모난 상자 속에 틀니만 남아 있다.

# 열차 안에서

　　서울에서 대구행 열차를 탔다. 기차가 막 떠나려고 하
는 순간 한 노인이 급히 차에 올랐다. 그는 자그마한 체구에 허
리가 굽고 행색이 초라했다. 기차표를 들고 이리저리 돌아보며
좌석을 찾았다. 노인이 내 앞을 지날 때 도와주려고 열차표를
보니 바로 내 옆자리였다. 그는 안도의 숨을 내쉬며 손수건을
꺼내 얼굴을 닦았다. 땀으로 젖은 몸에서 특유의 체취가 풍겨서
조금 불편했다. 연세가 많으신 분이 혼자서 여행하는 것이 힘에
겨운 모양이다.

　　점심시간이 넘었기에 간식으로 가지고 온 찰떡을 드시라고
권했다. 할아버지는 떡을 입에 넣고 계속 오물오물하며 넘기지

않았다. '찰떡 먹다 걸리면 큰일 난다' 하는 말이 떠올라서 생수병을 열어서 물을 드리며 천천히 드시라고 했다. 그는 음식을 먹으면서 작은 책을 열심히 보고 있었다. 영어 단어장이었다.

"할아버지 영어 단어 외우세요?"

그는 금세 얼굴에 환하게 생기가 돌면서 입을 열었다.

"세계여행 하려고 영어 공부를 하고 있어요. 내가 좋아하는 사람은 정주영 회장이여. 나도 그 사람처럼 열심히 살았어. 건축 사업도 했고 공장도 운영했지. 안 해 본 것이 없어요. 오늘은 구미에 좋은 땅이 있다고 해서 물건을 보러 가는 중이야. 땅은 거짓말을 안 하지."

처음 본 행색과는 다른 느낌이었다. 그렇다고 그분의 삶에 관심이 있는 것도 아니라서 이젠 그만 조용히 가고 싶었다.

나의 바람과 다르게 점점 말수가 많아졌다. 나이가 82세인데 건강관리도 잘하고 있다며, 잇몸에 좋은 이가탄도 챙겨 먹고 있단다. 아직 인공치아가 없다고 자랑했다. 인생이란 한 번 가면 그만인데 항상 똑같은 모습으로 살기보다는 늘 변화가 필요하다며 묻지도 않는데 계속 이야기를 했다. 말을 외면할 수도 없어서 건성으로 대답을 했다. 무심히 듣기만 하는 태도가 마음에 들지 않았는지 질문형으로 말을 바꾸었다. 어디까지 가느냐, 집은 어디 있느냐, 남편은 있냐고 물어 남편은 올봄에 돌아가셨다고 했다.

"지금 마음이 힘들겠지만 본래 인생이란 혼자라고."

주제넘게 오지랖도 넓다는 생각이 들었다.


차창 밖에는 황금빛 들판이 영화 화면처럼 휙휙 뒤로 밀려갔다. 다른 사람에겐 칠십을 넘긴 부부의 사별이 평범한 일인지 모르지만 내게는 남편이 떠난 후 엄청난 충격이 왔다. 무엇보다 일상생활이 힘들었다. 그 자리가 이렇게 큰 줄 몰랐다. 내가 방광암 투병 중이라 가사 일을 남편이 맡아서 했었다. 재발과 항암 치료를 받는 동안 내 마음은 이기적인 사람이 되었고 남편은 묵묵히 내 곁을 지켜주었다. 힘들어할 때마다 괜찮아진다며 잘 견디라고 달래기도 했다. 짜증없이 다독이며 웃음을 잃지 않았다. 속마음도 그랬을까?

남편이 아침에 갑자기 기침을 하니 가래가 나온다고 했다. 나는 나이 들면 가래가 생길 수 있다고 별 거 아닐 거라고 말했다. 며칠 후 가래에 피가 묻어 나왔다. 서둘러 종합병원에서 검사한 결과 폐암으로 진단이 났다. 앞이 캄캄했다. 병원에서는 초기라서 다행이라고 했다. 서둘러 수술을 받았고 의료진은 입을 모아 수술이 잘됐다고 말했다. 하지만 수술 후 회복이 되지 않았다. 정밀검사 결과 방사선 치료 부작용이라고 했다. 결국 합병증으로 인해 생명을 잃었다. 내가 투병하는 동안 마음 졸이고 자신의 건강에 소홀했나 보다. 나 또한 남편의 건강은 챙길 여유가 없었던 것이 가슴 아프다.

구미역이 가까이 다가오자 노인이 내 주소를 물었다. 지금까지 살면서 이렇게 친절을 베풀어 주는 사람은 처음이라며 감동하였다고 말했다. 진지한 표정이었다. 손을 덥석 잡으며 대구에 가면 만나고 싶다고 했다. 자주 만나서 이야기도 하고 함께 여행도 하고 싶다고 덧붙였다. 당황스럽고 난감했다. 그렇다고 냉정하게 거절할 분위기도 못됐다. 주소를 알려주면 꼭 집으로 찾아올 것 같았다. 갑자기 마음이 불안했다. 별꼴이네! 뭐 이런 사람이 있어?

얼굴이 화끈거려 주위 살펴보니 우리에게 관심 두는 사람은 없었다. 내가 노인에게 친절했던 것은 노쇠한 모습이 측은한 까닭이었다. 남편이 없다고 말한 것이 후회됐다. 나잇값도 못하는 늙은이라고 핀잔이라도 주고 싶었다.

집에 돌아와 남편 영정을 바라보니 눈물이 왈칵 쏟아졌다. 아무것도 모르는 남편은 미소를 머금고 있었다. 공연히 심사가 뒤틀리고 자존심이 상했다. 거울을 보았다. 초라한 노파가 나를 바라보고 있었다. 거울 속의 나는 내 마음속의 내가 아니었다. 예쁘지도 않고 멋지지도 않았다. 사랑스러운 모습은 더욱 아니었다. 그리움과 피곤함에 지친 모습이고 머리카락은 염색한 부분이 자라나서 귀밑머리가 하얗다. 그 노인도 나를 불쌍하게 본 것일까?

내 안에 아직 소녀가 살듯이 그 노인 속에도 잠든 청춘이 숨어있는지도 모른다. 사람의 겉모습은 날마다 늙어 가고 있어도 그 속은 그렇지 않은가 보다. 착각은 자유라고 하지 않던가!

# 혼밥

　　오랫동안 소식 없어 궁금하던 P에게서 전화가 왔다. 12
시에 봉덕시장 약국 앞으로 나오라고 한다. 약국 상호가 뭐냐고
물으니 그냥 시장 앞에 있는 약국이라고만 하고 전화를 끊었다.
그는 늘 그랬다. 상대방의 이야기를 듣기보다 자신의 말을 하는
데 바빴다.

　　약속 시각보다 30분 빠르게 출발했다. 그곳에 가본 지 오래되
어 변했을 것 같아서다. P는 친동생처럼 나를 챙겨주던 사람이
다. 대구로 이사 왔을 때도 다섯 식구를 초대해서 몇 날 묵게 하
였고 집을 구할 때까지 함께 있었다. 양쪽 집 가족이 모이면 열
네 명이나 되었다. 밥 먹을 때도 두레상 두 개를 펴야 했다.

P를 만난 것은 강원도 대한중석 산업체 병원에서 함께 근무한 것이 처음이다. 달성 광업소가 폐광되면서 상동으로 전출되어 병원에서 같이 근무했다. P는 매사에 적극적이고 성격이 활달하다. 간호장교 출신이다 보니 명령조로 말하는 습관이 있고, 나는 즐겨 따랐다. 장교 시절 사병과 결혼하면서 제대했다. 군대생활을 회상하며 남편이 사병이라 그때는 자기에게 꼼짝 못했다고 으쓱하며 통쾌한 듯 웃었다.

봉덕시장 정류장에 내려서자 바로 옆에 약국이 있었다. 건너편 정류장에도 약국이 보였다. 어느 약국일까 생각하다가 그가 내릴 버스정류장에서 기다렸다. 가창에서 오는 버스가 두 번 지나도 보이지 않더니 하얀 승용차에서 P가 내렸다.

"버스로 오는 줄 알았는데." 하니 "함께 가겠다는 사람이 있어서." 하면서 뒤를 가리켰다. 따라 나온 사람은 S였다.

S는 처음 만났을 때 폐결핵을 앓고 있었다. 개인 상담을 하고 매일 찾아가 주사치료 하는 일에 도움을 주었다. 남자 친구가 있었지만 홀어머니를 모셔야 한다고 결혼을 거절했다. 그 후 신학대학을 졸업하고 목회자로 정년을 마쳤다.

우리는 시장 안에 있는 식당으로 갔다. 맛으로 소문난 집이라고 했다. 안으로 들어서니 식탁마다 사람이 꽉 차고 구석에 좌석 세 개가 비어 있었다. 늦었으면 자리 없어 기다릴 뻔했다며 복권당첨이라도 된 양 좋아했다. 음식은 푸짐한 양념과 돼지고기가 들어있는 국밥이다. 내 입맛에 맞는 것은 아니다. 음식 맛보다 오랜만에 만난 사람이 좋아서 행복했다.

얼마 전에 P와 S는 유럽여행을 갔는데 하루도 싸우지 않은 날이 없다고 말했다. 누가 이겼느냐고 물으니 이기고 지고 할게 뭐 있냐며 호탕하게 웃었다. 서로 속마음을 알고 있으니 싸워도 마음을 다치지 않는다. S의 성격은 차분하고 정확하다. 여행지에서 찍은 사진을 보여 주었다. 나도 함께 갔더라면 좋았을 것이라고 했다. 나이가 염치를 훔쳐갔는지 부끄럼도 없이 우리는 수다를 떨었다. S는 내 나이가 몇인지 아세요? 하면서 70이라고 말하자. 나이는 숫자에 불과하니 말하지 말라고 P가 답했다.

손님들이 모두 나가고 우리만 남았다. 서로 얼굴을 바라보며 종종 이곳에서 만나서 한번씩 밥을 먹자고 했다. 밥 한 번 같이 먹었는데 마음이 푸짐한 느낌이다. 오래된 친구는 묵은지 같다. 화려하지도 않고 맛깔스럽지 않아도 그리움이 묻어있어 행복을 준다.

혼밥 세대가 점점 늘어간다. 과거에는 혼자서 식당에 가면 밥먹을 때 주변 사람들에게 눈치가 보였지만, 요즘에는 식당에서도 혼자 먹을 수 있도록 분위기를 만들어놓았다. 혼밥 문화가 사회를 변하게 했다. 가족이 없는 홀몸 노인을 비롯한 혼밥 족도 다양하다. 직장 문제로 가족과 헤어져 사는 사람과 자발적 혼밥족도 있다. 복잡한 사회 속에 시달리면서 스트레스 없이 조용히 밥 먹는 시간이 편안하다는 것이 이유다. 기업들은 덩달아 혼밥 상품을 개발하여 혼밥을 즐기게 유도하고 있다. 일인용 식품과 조리하기 쉽게 손질한 식자재와 소형 냉장고를 만들어 혼밥하기 편하게 한다.

60년대에 밥은 허기진 배를 채우는 수단이었다. 하지만 밥은 배고픔을 면해주는 것 이상이다. 가족의 다른 말이 식구食口이고 '밥 한번 같이 먹자.' 가 인사가 된 것도 그런 연유일 것이다.

P가 들고 온 쇼핑백 속에 '옛날 찐빵 손만두' 가 한 상자 들어 있었다. 단번에 다 못 먹으니 5개씩 비닐 팩에 넣어 냉동실에 보관하라고 당부했다. 가창에서 소문난 집이라 줄 서서 기다린다고 한다. P는 건강관리를 잘한 덕분에 생기가 있었다. 첫째아들은 미국에서 목회자이고 둘째 아들은 호주에서 사업하는데 본인은 옛날 친구가 있는 곳이 좋아 여기서 혼자 살고 있다. S는 6.25 전쟁 때 아버지가 전사하고 홀어머니를 지키기 위해 결혼을 하지 않았다. 이제 그도 혼자다.

모두 혼자서 밥을 먹는 사람들이다. 처음에는 혼자 밥 먹는 것이 서글프고 밥맛도 없었다. 세월이 지나고 조금씩 길들어간다.

혼자 먹는 밥은 대충 챙겨먹기 쉽다. 입맛도 예전과 달라 편식 우려도 있다. 한때는 밥상에 둘러 앉아 오순도순 이야기하던 가족이 있었지. 이제 서로 밥 잘 챙겨 먹으라고 당부하며 작별 인사를 했다.

# 시선

　　어머님은 매일 노트에 글을 쓰신다. 몽당연필로 꼭꼭 눌러 글자를 쓰는 모습이 아름답다. 살아온 세월만큼 깊이 잡힌 주름살이 곱던 얼굴을 감추고, 시력도 청력도 둔해지고 있다. 백내장 수술 후 수시로 인공 눈물을 사용하신다. 청력은 보청기를 이용해도 언어 소통이 원활하지 못하다. 간단한 내용은 수화로 대신 하지만 길고 복잡한 내용은 소통이 어렵다.

　　어머님의 시선은 항상 나에게서 떠나지 않는다. 아이들이 출근하는 엄마를 바라보던 표정이다. 문을 열고 나서려면 어디 가느냐고 묻고, 그 말에 대답하려면 여러 번 반복해야 된다. 가까운 시장이나 볼일이 있어 나갈 때 조용히 문을 열고 나오기도 하지만 들어올 때면 언제 나갔느냐고, 어디에 갔었느냐고 물어본다.

원활한 소통을 위해 궁리 끝에 편지를 쓰기로 했다. 며칠에 한 번씩 모아서 일상 이야기와 아이들 소식도 알려드리고 생활 속에서 말하지 못한 것도 찾아서 A4 용지 한 면을 큰 글자로 컴퓨터에서 뽑아드렸다. 다음날 어머님은 연필로 꼭꼭 눌러서 쓴 노트 한 장을 내밀었다. 본인이 하고 싶던 말과 편지로 말해줘서 고맙다는 내용이다. 힘들여 말하지 않아도 마음이 통해서 좋았다.

글이 말보다 정확하고 감정 오류가 생기지 않아서 좋다. 어머님이 글자를 사용할 수 있어서 감사하고 다행이다.

어느 날 어머님 방을 정리하다가 책상 위에 놓인 노트를 보았다.

"어멈 00시에 나갔다. 00시에 들어왔다."

"어멈 미장원에 가서 파마하고 왔다."

"오늘 쌀 샀다."

매일 나의 들고남을 차곡차곡 적어놓은 것이다. 어머님은 내가 밖으로 나갈 때마다 챙기시고 현관문 앞에서 배웅해 주었다. 거실에 앉아 있을 때도 방안에 누워 있다가도 내가 나가는 기미가 있으면 일어나 나오신다.

외출해서 늦게 들어오는 날이면 방문을 열어놓고 문 앞에 앉아서 기다리고 있다. 당황스럽고 부담됐다. 남편에게 그 말을 하였더니 나를 사랑하는 마음이라고 해석했다.

사람의 시선을 받는 일은 좋은 경우가 많다. 배우에게 무대 위에서 관중의 시선이 집중되면 힘과 용기가 생긴다. 사람들은 시선을 받기 위해 의식적이든 무의식적이든 노력하며 살아간다. 여성들이 화장을 하는 것도 예쁜 피부를 원하는 것도 같은 목적이다. 개성이 뚜렷하고 행동이 남다르면 군중 속에서 시선이 쏠린다. 의상을 유행 따라 만들어내는 것도 눈에 별다르게 잘 보이기 위한 노력이다. 하지만 나를 향한 어머님의 시선은 그런 것과 다르다.

그 노트를 보고 난 후에 어머님의 시선이 홀가분하지 않았다. 나의 행동에 영향을 가져왔다. 나가면 귀가 시간이 신경 쓰였다. 모임에 참석했다가도 늦게 끝날까 조바심을 했다.

요즘에는 어머님의 모습은 예전 같지 않다. 젊은 시절 그렇게 당당하고 크게 느껴지던 것과 다르다. 매일 돋보기를 쓰고 신문을 읽으면서 사회로부터 소외되지 않으려는 마음이 묻어 있다.

나는 친구에게서 온 청첩장을 보여드리며 "10월 30일 서울 가야 해요."라고 하니 어머님은 당장 벽에 걸린 달력을 찾아서 큰 동그라미를 그렸다. 순간 불안한 표정이 보였다.

언젠가부터 나에게도 그 마음을 닮은 시선이 있음을 안다. 자식들을 향한 궁금증이다. 소식이 뜸해지면 기다려진다. 좋은 소식이라도 오면 온종일 즐겁다. 이런 마음은 그들의 삶과 아무런 상관없이 나 혼자 저절로 끌려 다닌다. 어머님의 시선도 이런 마음에서 나타나는 현상인지 생각해 보았다.

그 모습 닮아가는 나를 발견하고, 어머님을 바라보니 어머님은 나의 관심과 시선이 필요하다는 표정이다. 소외될까 하는 두려움이다.

나는 살며시 어머님의 손을 잡고 "어머니! 빨리 다녀올게요." 하니 어머님은 미소 지으며 내 손을 꼭 감싸주었다. 가을하늘에는 저녁노을이 붉게 물들고 있었다.

# 버짐나무

가로수가 아침 햇살에 이슬을 말린다. 나무뿌리는 보도블록 위로 불거져 나와 발길에 밟힌다. 둥치가 벗겨진 노목老木이 시야에 머문다. 오늘은 어머니를 만나기 위해 노인병원에 가는 중이다. 버스에서 내려 긴 의자에 앉아 숨을 돌린다.

가로수는 대기 오염물질을 잘 흡수하고 아무 데다 심어도 잘 자라야 한다. 한때는 우리나라 가로수의 절반이 넘게 플라타너스를 심었다. 플라타너스는 잎이 '넓다'는 뜻을 가진 그리스어다. 일본에서는 '스즈 카케노키'라는 이름으로 하늘로부터 받은 '은혜' 또는 '용서와 휴식'이라는 꽃말을 가지고 있다. 대기 오염 흡수력이 뛰어나고 척박한 토양에도 잘 자라며 성장 속도가 빠르다. 일 년에 2m까지 자라는 속성 식물이다. 40~50년 자라면 나뭇가지 속으로 공동이 생기며 썩기 때문에 목재로 쓰지 못한다. 자랄 때는 나무껍질이 퍼즐 모양으로 떨어지며 하얀색 녹색 회갈색으로 속살이 보인다. 그 모양이 살갗에 버짐이 핀 모습과 닮았다고 우리나라에서는 버짐나무라고 한다.

버짐나무는 전쟁 후 식민지 국가에 많이 심었다. 빠른 시간에 숲을 이루기 때문에 신도시나 공업지역에 적합하다. 우리나라에서 버짐나무를 심은 때는 1909년경부터다. 일제강점기를 기점으로 가로수로 심기 시작했다. 도로 사정이 좋지 않은 그때는 흙먼지를 뒤집어쓰고 거리를 정화시켜 상쾌하게 하였고 넓은 잎으로 그늘을 만들어 이마에 흐르는 땀을 씻어 주었다

60~70년대는 청년들에게 데이트 길을 제공하여 사랑을 많이 받았고 노래로 불리기도 했다. 내 기억에도 남아있는 노래가 있다.

"플라터너스 향기 퍼지는 그늘을 거쳐서…."

친구와 같이 흥겹게 부르며 자전거로 강릉의 남대천 둑을 한참 달리노라면 넓은 동해 바다가 가슴을 탁 트이게 했다.


도로망이 넓어지면서 가로수도 다양해졌다. 버짐나무와 은행나무 일색이던 시대가 아니다. 꽃이 화사한 벚나무, 이팝나무, 키가 크고 품위 있는 메타세쿼이어, 잎이 많은 느티나무를 심는

다. 청도 지역에서는 감나무를 심기도 한다. 지역의 특성에 따라 가로수를 바꾸어달라는 민원이 생긴 것이다. 가로수를 바꾸는 일이 그리 단순한 일이 아니다. 60년대 베이비붐 세대가 노인 세대로 진입하면서 노인 문제가 발생하듯이 가로수 교체 문제가 탁상에 올랐다. 벚나무는 일본 국화니 삼가해야 한다고 하지만 화사한 꽃이 주는 즐거움이 있어 반대하는 의견도 있다. 하지만 벚나무의 경우는 그래도 다행이다. 가장 미움을 받는 대상이 버짐나무다. 속성 식물이라 관리에 노동력과 경비가 많이 들고 재목으로 쓸 수 없기 때문이다.

언젠가부터 버짐나무는 사람들에게서 멀어져 가고 있다. 친환경 면으로 볼 때 꽃가루에서 알레르기가 생긴다, 방울 같은 열매는 쓸모없고 행인의 머리에 떨어져 불편하다, 가을이면 영덕 게를 닮은 고동색 낙엽이 길거리를 너저분하게 만든다는 이유다.

해마다 가을이면 가로수 가지치기를 한다. 사정없이 잘려나가 둥치만 덩그렇게 남아 겨울을 견딘다. 봄바람이 불면 둥치에서 손바닥처럼 커다란 잎이 솟아오르고 푸른 잎은 빠르게 자라서 잘린 상처를 감싸듯 퍼진 우산처럼 둥그렇게 나무를 감싼다.

나는 버짐나무 전성기를 살아온 세대다. 청소년 시절에는 교정에 서 있는 플라타너스 그늘에서 푸른 꿈을 꾸고 친구들과의 만남과 헤어짐의 추억이 있다. 경제가 어렵던 시절에는 재건복을 입고 주말도 없이 한 달에 2일 휴무로 산업현장에서 근무했다. 하찮은 일을 가리지 않고 외국에 가서 일한 내 친구들도 있다. 그들의 노력은 나라의 근대화를 앞당기는 역할을 했다. 이제 그들의 얼굴에도 손등에도 검버섯이 버짐처럼 번져간다. 창조주는 계절마다 따라 아름답게 하였고 철마다 기한을 두었다. 사람도 사물도 자기에게 주어진 때가 있음이다. 자신의 때를 분별함이 지혜이리라 상념에 잠겨 본다.

문득 트럭 위에 실려 가는 나무둥치가 내 시선을 끈다. 교체당한 가로수일까. 나는 자리에서 일어나 가던 길을 재촉한다. 파란 하늘에 떠가던 구름은 내 마음을 엿본 것일까? 나는 버짐나무를 향해 미소를 보낸다.

# 어머니의 수의壽衣

　　4월의 햇살이 따사롭다. 양지바른 곳에는 연초록빛 새싹이 돋아난다. 봄바람이 옷깃 속으로 파고들어 마음마저 스산하게 흔들어 놓는다. 추운 겨울을 무사히 넘겨주신 어머니가 감사하다. 이제 그 상자를 열어보아야 할 때가 된 것 같다.

　윤달이 있던 해, 어머니는 안동포를 사서 수의를 만들었다. 나는 죽은 후에 입을 옷을 왜 미리 장만하는지 궁금하고 속상했다. 하지만 오늘은 숙연한 마음으로 수의 상자를 열고 있다. 손끝에 파르르 떨림이 인다. 상자 속에든 분홍빛 비단 보자기를 풀고 보니 신문지로 또 싸여 있다. 신문지에 날짜는 25년 전 한국일보다. 어머니의 수의는 좀이 쏠지 않도록 신문지에 덮여 있었다. 해묵은 습기와 미세한 먼지를 봄볕에 날려 보내려고 낱낱

270

이 펼쳐보았다.


"천하에 범사가 기한이 있고, 목적을 이룰 때가 있으며, 날 때가 있고 죽을 때가 있으며."

성경에 기록된 말씀이 떠오른다.

"죽음은 누구에게나 찾아오는 정한 이치다. 그 후에는 심판이 있으리라"고 전하고 있다. 하지만 혈기 왕성한 젊은 시절에는 죽음에 대한 말이 본인과 관계없이 느껴진다. 노년기가 되면 차츰 나에게도 죽음이 올 것을 긍정하게 되면서 어떤 모습으로든지 마음의 준비를 한다. 죽음에는 기대나 즐거움이 함축된 것은 아니다. 도리어 두려움과 피하고 싶은 소망이 따른다. 죽음 그 후에 일어날 일을 알지 못하기 때문이다. 죽음을 경험한 사람은 없다. 그 일을 위해 종교를 통한 내세관을 믿고 있을 뿐이다. 내세관이란 삶과 죽음이 서로 단절된 것이 아니라 연속連續한다는 믿음에 근거한 것이다.

불교의 내세관은 업 사상業思想과 윤회설에 기초하여 성립하였다. 현재의 삶은 모두 전생前生에서 지은 업보 때문에 생긴 것이고, 현세의 삶은 다음에 태어날 생의 모습을 결정한다고 믿는다. 사후 49일 명부冥府에서 판결을 받아 결정된다. 명복이란 여기에서 온 불교 용어다.

상가에 문상 가서 "고인의 명복을 빕니다."라고 인사를 하는 것은 명부에서 좋은 판결을 받기를 바란다는 의미다.

기독교는 창조론에 근거하여 첫 사람 아담이 범죄 함으로 영원히 죽을죄를 지었고, 원죄를 스스로 해결할 수 없다. 죄 없는 하나님의 아들 예수님이 십자가에 못 박혀 돌아가심으로 죄 값을 치렀으므로 인류의 죄를 탕감한 것으로 여긴다. 죄 값을 갚아준 예수를 구주로 믿고 따르면 심판을 받지 않고 천국에 간다고 전한다. 기독교인의 문상 언어는 "하나님의 위로를 받으시길 바랍니다.", "부활의 소망을 가지시기 바랍니다."라고 하는 것이 바른 인사말이다.

유교는 조상숭배祖上崇拜에 기초한 내세관을 가지고 있다. 사람이 죽으면 혼백이 일정기간 동안 하늘과 땅 사이 머물다가 사라진다고 생각한다. 제사는 이러한 내세관에 바탕을 두고, 제사를 드려 영혼을 섬기는 행사다.


내가 직접 수의를 만져보거나 눈여겨보는 것은 처음이다. 수의가 이렇게 복잡하게 되어있는지도 몰랐다. 원삼에서 염포까지 20가지나 되었다. 남자 수의는 하나 더 있다고 한다. 수의 종류는 대마(삼베) 수의, 명주 수의, 모시(저마) 수의가 있다. 대부분 삼베로 하는 경우가 많다. 명주 수의는 본인이 살아서 비단옷을 입어보지 못했을 때 저승으로 가는 길에 한 번 입혀 준다는 의미에서 유래되었다. 사람이 태어날 때는 적신으로 왔다가 돌아갈 때는 이렇게 복잡한 옷차림으로 간다. 어머니는 육체의 수의를 소중히 여기듯 영혼의 수의도 소홀히 하지 않았다.

어릴 적에 집안에 어려운 일이 있으면 간간이 무속인을 데려와 푸닥거리 한 기억도 남아 있다. 중년이 지나면서 불교에 마음을 쏟아 절을 찾아다니셨고, 계절 교육에 참여하여 몇 달씩 교리에 심취하셨다. 주일학교부터 교회에 다니던 나는 어머니에게 예수님을 믿으라고 권했지만, 사람이 한 번 정한 길을 그렇게 쉽게 바꿀 수 있느냐고 너나 잘 믿으라고 일축하셨다.

사람의 마음은 아무도 모른다. 팔순을 넘기신 어느 날 어머니는 뜻밖에도 스스로 예수를 믿겠다고 하시며 나를 따라 교회로 가셨다. 작심이라도 한 듯 예배에 집중하시며 참선에 익숙해진 습관이 묵상과 기도에 쉽게 접목되는 것 같았다. 오랜 세월 불교 생활하시던 모습을 떠올리며 나는 예수님을 믿으니 좋으시냐고 물었다. 환하게 웃으시며 마음이 아주 편안하다고 하셨다. 방학 숙제를 다 한 어린아이 모습 같았다. 기억력이 떨어지는 순간이면 기도문과 찬송가를 잊지 않으려고 애쓰며 큰 글자로 적어달라고 하셨다. 90세가 넘으시다 보니 노환으로 여러 번 힘든 고비를 넘기시더니 93세 되던 해 첫눈이 내리던 날 세상을 떠나셨다.

사도 요한이 환상으로 본 천국의 모습이 있다.

"새 하늘과 새 땅이 있고, 거룩한 성 예루살렘에는 하나님의 영광이 가득하고 귀한 보석 같고 수정같이 맑다. 거기에는 밤이 없고 해와 달이 없고 하나님의 영광으로만 밝게 비추고, 속된 것이나 가증한 일 또는 거짓말하는 자는 결코 그리로 들어오지 못하되, 오직 어린양의 생명책에 기록된 자들만 들어간다. 보좌에는 하나님이 계시고 그들은 하나님의 백성이 되고 하나님은 친히 그들과 함께 계셔서 모든 눈물을 닦아 주시고 다시는 사망이 없고, 애통해하는 것이 없고, 아픈 것이 없으니 처음 것들은 다 지나갔다. 보좌에 앉으신 이가 보라, 내가 만물을 새롭게 하노라 이것을 상속으로 받으리라 말씀하셨다."

윤달에 준비한 안동포 수의는 정한 시간에 소임을 다했다. 누에가 뽕잎을 먹고 나방이 되려고 고치 속으로 들어가듯 어머니는 수의 속에 갈무리되었다. 그 위에 십자가 휘장을 덮었다. 목사님의 축복 예배가 시작되고 성도들의 찬송이 울려 퍼졌다.

"저 요단강 건너편에 찬란하게 뵈는 집
예루살렘 새집에서 주의 얼굴 보리
빛난 하늘 그 집에서 주의 얼굴 보리
우리 다시 만날 때까지 하나님이 함께 계셔
우리 다시 만날 때까지 편히 계시기를 바라네."

이별의 슬픔이 주르르 두 볼에 흘렀다. 하늘 문이 열리고 환영받는 어머니의 모습을 상상하며, 다시 만날 때까지 편히 계시길 원하는 소리는 청아하게 울려 퍼졌다.

# 사랑의 굴레

　친정엄마 산소에 갔다. 푸른 잔디가 봉분을 감싸고 있다. 산등성이에는 연보랏빛 구절초가 함박 피어서 햇살에 반짝이고 벌들은 윙윙거리며 꽃 속을 들고 난다. 골짜기에 물은 산자락을 적시며 졸졸졸 속삭인다. 산소를 천천히 한 바퀴 돌아보며 잡풀을 뽑았다.

　딸은 시집가면 그만이다. 엄마는 늘 그렇게 말했다. 3대 독자 집 셋째 딸로 태어난 나는 그 말을 들을 때마다 엄마에게 미안하고 서운했다. 남동생이 세발자전거를 탈 때면 따라다니며 보살펴야 하고, 혹시 넘어지기라도 하면 내가 잘못한 것처럼 꾸중을 들었다.

중석광업소 부속병원에 취직이 되었을 때, 엄마는 무척 좋아했다. 하지만 정작 엄마가 아플 때는 내과 첨단시설이 부족해 서울에 있는 종합병원으로 모시고 갔다. 검사실에서는 혈관을 찾지 못해 왼팔과 오른팔을 번갈아 여러 번 주삿바늘을 찔러대고 실수를 거듭했다. 나는 보다 못해 엄마 혈관 부위를 잘 알고 있는 터라 의료진에게 양해를 구하고 단번에 채혈할 수 있었다. 그 후로 엄마는 내가 서울 간호사보다 주사를 더 잘 놓는다고 동네방네 자랑했다.

결혼하고 첫아이가 태어나자 육아 문제가 생겼다. 근무를 계속하려면 누군가에게 도움을 받아야 했다. 시모님은 시동생 셋이 중학교, 고등학교 학생이다 보니 도와줄 수 없는 형편이었다. 가사도우미를 구하려고 해도 마땅하지 않아 엄마에게 부탁했다. 엄마는 선뜻 집안일을 뒤로하고 아이들을 맡아 내 곁을 지켜주었다.

퇴직 후에는 큰딸이 같이 살자고 했다. 사위가 서울 이대목동병원으로 취직되었다고 하며 자기는 직장을 더 다니다가 자리 잡히면 간다고 했다. 그동안 함께 살면서 아이를 보살펴 달라는 것이다. 남편이 좋아했고 유치원 다니는 손자가 할머니랑 산다는 소리를 듣고 펄쩍펄쩍 뛰면서 기뻐했다.

평생 동안도 아니고 얼마 동안이라고 하니, 박절하게 거절하지 못했다. 손자랑 같이 사는 재미도 쏠쏠하지만 자유롭지는 못했다.

얼마 후 둘째 딸네 가사도우미가 그만두었다. 나는 다시 구해보라고 했다. 몇 달이 지나서 둘째는 울먹이며 전화를 했다. 아이가 좀 이상해졌다고 했다. 눈동자가 흔들리고 불안해 보였다.

아이는 이따금 손가락을 들여다 보고 등 뒤로 감추었다. 왜 그러느냐고 달래며 물어보니 아줌마가 손가락을 가위로 자른다고 했단다. 아이를 데리고 친구 집에 가서 화투를 치면서 아이가 그 집 물건 만지거나 잘못하는 일이 있으면 가위로 손가락을 잘라버린다고 겁을 주었단다.

가슴이 섬뜩했다. 지난날 나를 도와주신 엄마 생각이 났다. 엄마의 희생과 사랑으로 아이 셋을 탈 없이 키운 것이 새삼스럽게 고마웠다. 엄마가 아이를 등에 업고 땀을 흘리며 밥상을 챙겨줄 때도 나는 아무런 생각 없이 밥을 먹었다. 그래도 괜찮은 줄 알았다.

나는 하던 일을 그만두고 매일 아침 둘째 딸 집으로 출근했다. 처음에는 아이만 보기로 했지만, 청소도 하게 되고 빨래도 하고 식사 준비도 어느 사이에 내 차지가 되고 말았다. 두 가정 살림을 하게 된 것이다. 딸은 피아노 전공이다 보니 낮에는 학교 강의하고 저녁 시간에 레슨하고, 본인 연주도 있어 귀가시간이 늦었다. 한밤중에 집으로 왔다. 직장 다니던 때보다 더 고단하고 힘들었다. 큰딸도 몇 해를 지나 서울로 갔다.


  그해 가을에는 엄마가 계신 고향에 한번 다녀오려고 마음먹
고 있는데, 전화가 왔다. 엄마가 길을 잃고 맨발로 헤매는 것을
보고 동네 사람이 우리 집으로 연락했다. 엄마는 아버지가 돌아
가신 후에도 혼자 고향 집을 지키고 살았다. 진단 결과 혈관성
치매였다. 방향감각이 없어 방 안에서도 출입문을 찾지 못하고
숫자 감각도 흐려져서 열까지 헤아리지 못했다.
  둘째 동서 집에서 아이들 돌보시던 시모님이 갑자기 시동생
이 사고로 사망하자 맏아들을 찾아 우리 집으로 오셨다.
  두 사람은 말동무도 하고 친구처럼 살면 된다고 좋아했다. 밤
늦도록 이런저런 살던 이야기도 했다. 시모님은 엄마에게 찬송
가를 가르쳐주고 성경 이야기도 들려주었다. 우리는 함께 가족
예배를 드리며 행복해했다.
  시간이 지날수록 상황은 달라지고 있었다. 언젠가부터 깍듯
하던 사돈 간의 예의가 무너졌다. 엄마가 화장실 불을 켜놓고
나오면 시모님의 잔소리가 심해지고, 수돗물을 잠그지 않는 경
우가 생기면 짜증을 내셨다. 엄마가 설거지하면 시모님은 뒤따
라가서 다시 씻어 놓곤 했다.
  거실에서 함께 있는 시간보다 각자 자기 방에 있는 시간이 길
어졌다. 엄마가 내 방에 찾아와서 울었다. 밖에 나갔다가 사돈

이 현관문을 잠그고 열어주지 않았다고 했다. 시모님께 따질 수도 없고 잠자코 있으니 너도 한통속이라며 노여워했다.

남편에게 그 말을 전한 것이 잘못이었다. 시모님 방으로 들어가더니, 잠시 후 너는 장모만 안다고 시모님이 소리 지르며 짐을 챙겨 들고 나섰다. 집안에 찬바람이 일었다. 입에 침이 마르도록 양쪽을 다독거려 화해는 되었지만, 식탁에 마주 앉아도 토라진 표정이었다.

남편과 나 사이도 썰렁해졌다. 말을 절제하고 침묵이 시작되었다. 엎친 데 덮치듯 남편이 뇌졸중으로 쓰러졌다. 앞이 캄캄했다. 앞에도 뒤에도 나는 없고 그들만 있었다. 남편 간호와 두 분 어머니의 시중이 모두 내 몫이었다.

엄마는 한숨 쉬며 "내가 얼른 죽어야 하는데" 하시고, 시모님은 귓속에서 기차 소리가 난다고 찡그리고 나의 관심을 받으려고 응석이다. 내게는 모두 소중한 사람들이다. 하지만 마음은 점점 지쳐갔다.


남편이 병원에서 퇴원하던 날, 엄마는 사위 몸보신해야 한다고 손수 사골을 사다 끓이고 있었다. 초벌만 끓인 뼈를 시모님이 건져서 버렸다. 엄마는 마음이 상해서 밥도 거르고 자리에 누워버렸다. 이런 상태로 버티기에는 한계가 왔다.

네 동서가 모여서 의논 끝에 큰동서의 제안대로 시모님을 복지시설에 모시기로 결정했다. 시모님을 모시고 집을 떠나는 날 마음은 아프고 힘들었다. 엄마는 치매가 심해져서 요양 병원으로 모셨다. 모두 마음에 상처만 남기고 내 곁을 떠났다. 난 부끄러운 마음에 문밖에 나서기가 싫었다.

시모님은 입소한 지 일 년 후 복지시설에서 연락이 왔다. 정부 시책이 변경되어 거동장애가 없는 사람은 입소할 수 없다는 퇴소 통보였다. 시모님은 시청각장애가 있을 뿐이라 다시 귀가했다.

시모님과 함께 엄마가 계신 요양 병원에 문병 갔다. 눈을 감으면 좀처럼 눈뜨기를 싫어하던 엄마는 사돈이 오셨다는 소리에 눈을 번쩍 떴다.

"날 알아 보갓소?"

시모님이 큰소리로 말하며 침대 곁으로 다가가 손을 꼭 잡는다.

"그럼 알지요, 왜 몰라요."

두 분이 다정스럽게 웃으며 바라본다. 말로는 소통이 어려워도 마음으로 많은 사연들이 교감되고 있었다.

아무도 장래 일은 모른다. 방문 앞에 앉아서 나의 출입 시간을 챙기던 시모님도, 태산처럼 기대고 살던 남편도 떠났다. 앞에도 뒤에도 아무도 없고 나만 홀로 남아 있다. 초가을 솔바람이 볼을 스치고 지나간다.

"엄마, 이제 모두 용서하세요!"

목구멍에서 뜨거운 기운이 휘돌아 눈물 되어 흐른다.

# 육이오 전쟁

정확한 언어는 정확한 의미를 부여한다. 6.25 전쟁은 이름이 다양하다. 6.25 사변, 6.25 동란, 한국 전쟁 등이 있다. 북한에서는 조국 해방전쟁이라고 말하고, 어떤 사람은 북한의 명백한 남침임에도 불구하고 북침설이라 말하여 본질을 흐리게 한다. 내게 남아있는 기억을 더듬으면 떠오르는 장면이 있다.

새벽이었다.

"여보, 우리도 오늘 피난을 떠나야겠어요."

어머니와 아버지의 이야기 소리가 잠결에 들렸다. 아침 일찍 우리 여섯 식구는 피난 보따리를 챙겨서 피난길을 떠났다. 벼가 수북이 자란 논둑길을 걸어가다가 논바닥에 엎드려 죽은 사람을 보았다. 그 후 무서워서 걸을 수가 없었다. 군복 입은 남자가 논에 모를 뭉개고 틀어박혀 있던 모습은 지금도 선명하게 기억된다.

하늘에는 잠자리비행기가 구름을 토해내고 B29 비행기는 높이 빠르게 쌩쌩 날아다녔다. 밤이 되면 총소리가 들려 사람들이 긴장했다. 우리가 피난 간 장소는 산속에 숯 굽는 집이었다. 빈방이 없어 마당에 멍석을 깔고 잠을 잤다. 한밤중에 장대 같은 비가 쏟아졌다. 집주인이 숯 굽는 굴속으로 가라고 했다. 캄캄한 길을 비를 흠뻑 맞으며 달려가다가 넘어져 온몸에 숯검정이 묻었다.

다음날 아침에 동생이 많이 아팠다. 간밤에 찬비를 맞은 탓이라고 했다. 열이 나서 얼굴이 벌겋게 달고 가래가 끓고 기침을 했다. 연달아 기침하다가 울컥 피를 토하더니 정신을 잃었다. 부모님은 당황하여 그날 다시 집으로 돌아왔다. 급성 폐렴이었다.

시내는 밤이 되자 여전히 비명과 총소리가 들렸다. 우리는 방에 불빛이 새어나가지 못하게 이불로 방문을 가리고 온 가족이 혼수상태에 빠진 동생을 묵묵히 바라볼 뿐 대책이 없었다. 어머니는 안절부절못하시며 빨간빛 영사 가루약을 물에 타서 먹이고 정수리에 바르는 것이 고작이었다. 새벽이 되자 동생은 신발을 달라고 했다. 아버지가 사주신 꽃신이다. 동생은 꽃신이 좋아서 들고 다녔다. 어머니는 신을 가져다 숨을 몰아쉬는 동생 곁에 놓았다. 온밤을 그렇게 보내고 새벽이 되자 동생은 숨을 거두었다.

요즘 같으면 항생제만 쓰면 치료되는 병이지만 전쟁 중이라 병원 한 번 못 가고 그렇게 동생을 보냈다.

충남 공주군 유구면 길거리에는 피난민들이 북쪽에서 날마다 밀려들었다. 배가 불룩한 새댁이 울상이 되어 우리 집으로 들어 왔다. 남편은 군대에 가고 만삭이 된 몸으로 혼자 피난길을 떠 난 것이다. 그날 밤 우리 집에서 아이를 낳았다. 사내아이였다. 아버지는 방이 뜨겁도록 군불을 넣었고 어머니는 미역국과 쌀 밥을 지어서 산모를 보살폈다. 한 달 정도 산후조리를 마치고 나서 고맙다는 인사를 하며 남편 이름과 아이 이름을 적어주었 다. 아기 이름은 '이한수' 다. 나중에 남편과 함께 찾아오겠다는 약속을 했다.


어느 날 아버지가 환한 얼굴로 이제 해방이 됐다며 밖으로 뛰 어 나갔다. 나도 뒤따라 달려갔다. 큰길에는 군인 트럭이 줄을 지어 지나갔다. 사람들 틈을 비집고 들어가서 지나가는 차를 보 고 깜짝 놀랐다. 입술이 두툼하고 하얀 이가 유난스럽게 반짝이 는 새까만 사람이었다. 머리가 노랗고 코가 큰 사람도 있었다. 그들은 차 안에서 작은 물건을 밖으로 던져 주고, 사람들이 우르르 달려가 주웠다. 나도 봉지를 하나 주웠다.

집으로 돌아와서 열어보니 통조림과 과자가 있고 까만 가루가 들어있었다. 가루를 혀끝으로 맛을 보니 쓴맛이 났다. 지금은 커피라는 생각이 들지만, 그 당시는 몰랐다. 전쟁이 끝나자 유구면에는 집집마다 직조공장이 들어서고 큰언니는 공장에서 일하게 되었다. 월급 대신 옷감을 받아와서 내 옷을 만들어 주었다. 그때부터 유구면은 직조 기계 돌아가는 소리로 요란했다. 지금도 그곳에는 직조 공장이 있다고 한다.

6.25를 겪은 세대는 크고 작은 차이는 있지만 누구나 감당해야 했던 고통의 시간이었다. 난리 통에 태어나서 가족을 기쁘게 했던 남동생도 육십이 넘었다. 직조 공장에서 옷감을 받아와 내 옷을 만들어 주던 언니는 세상에 없다. 북쪽에 있는 이산가족을 그리워하시던 시어머니는 끝내 소원을 이루지 못 하고 떠나셨다.

세계에서 유일한 분단국으로 있는 우리나라다. 종북 세력이니, 색깔론이니 하는 모습은 슬픈 일이다. 6.25 전쟁을 모르는 초등학생 10명 중 4명이 6.25 전쟁을 '북침'으로 알고 있고, 또한 일본과의 전쟁으로 알고 있는 경우도 있다고 한다.

우리나라는 역사의 진실이 왜곡되지 않도록 6.25 전쟁을 '6.25 남침'으로 말하고, 전쟁의 책임을 떠넘기려는 꼼수를 묵

과해선 안 된다.

해마다 6월이 오면 이한수 소식이 궁금하다. 아빠를 만나기나 한 것일까?

# 이름이 같은 사람

　　하나님이 사람을 만드시고 아담이라 이름 불러 주셨다. 그 후에도 많은 사람에게 이름을 지어주셨다. 세례 요한과 예수님은 태어나기 전에 지어주신 이름이다. 하나님은 이름을 바꾸어주시기도 하셨다. 아브람을 아브라함으로, 사래를 사라로, 야곱을 이스라엘로 개명해 주셨다. 삶의 내용을 살펴보면 이름에 따라 축복과 사명이 부여되는 것을 느낄 수 있다.

　　가정에 아이가 태어나면 이름을 지어 불러준다. 대부분 부모가 짓고 더러는 작명가에게 의뢰하기도 한다. 한자의 뜻을 따라서 많이 작명했다. 복순이, 복동이, 창복이, 만복이 등 복 받기를 사모하는 이름도 있고, 출세나 명예를 소망하는 이름도 있다. 요즘에는 순우리말 이름을 많이 부른다. 하늘이, 사랑이, 이슬이…. 이름도 유행을 탄다. 마라아, 요한, 요셉, 시온 등 성경 속 인물을 인용하기도 한다. 족보의 돌림자를 이어가는 이름도 있지만 때론 본인의 의사와 상관없이 타인에 의해 만들어진 별 의미 없는 이름도 있다.

나는 초등학교 졸업장과 중학교 졸업장 이름이 다르다. '정화'로 13년을 살았는데 중학교에 가려고 호적등본을 떼어보니 '정자'로 바뀐 것이다. 출생 신고할 때 정화로 호적계에 올렸는데 담당 서기가 잘못 기록했단다. 이름은 한 평생을 그 사람과 함께 붙어 있고 죽어서도 영원히 같이 있어야 하는 관계지만 잠시 소홀한 탓에 달라진 것이다. 바로잡으려면 절차가 많고 하니 그냥 둔 거다. 이름이 바뀌고 나니 낯설고, 이따금 놀림을 받을 때는 속상했다.

중학교 때 반에 같은 이름이 넷이었다. 김정자, 마정자, 신정자, 박정자다. 성이 다르니 별 불편은 없었다. 고등학교 때는 박정자가 한 사람 더 있었다. 학교 측에서 분별을 위해서 부표를 달아주었다. 그가 출석 번호가 나보다 앞에 있어 박정자 a라 부르고, 나는 자동으로 박정자 b가 되었다. 반 친구들은 a정자 b정자로 부르더니 나중에는 A, B로 줄여서 불렀다. 그런데 초록은 동색이라고, 그와 나는 은근히 친했다. 둘이서 그 친구 집에 가서 휴일을 보내고 명사십리 해당화 꽃길을 걸으며 장래의 꿈을 나누기도 했다.

어느 날 직장 문제로 학교에 졸업증명서를 의뢰했더니 A의 것이 발송되어 난감한 적이 있었다. 지금 그 친구는 수녀로 살고 있다.

얼마 전 둥지 교회에 새로운 신자가 등록했다. 분위기가 술렁인다. 나와 느낌이 비슷하다고 했다. 누가 나이가 많은지 수수께끼란다. 알고 보니 그 사람 이름이 내 이름과 똑같았다. 내가 속해 있는 선교회에 등록했다. 박정자가 한 사람 더 생겼다. 나이는 나보다 두 살 작았다. 입교 순서도 내가 먼저다. 이번에는 내가 'A'가 되었다. 학교 졸업 후 수십 년간 이름에 부표를 떼고 살아서 좋았는데 다시 붙게 됐다. 예전에는 'B'였고, 이번에는 'A'다. 그와 나는 교회 직분도 같고, 남편을 사별한 것도 같다. 환경이 비슷하다 보니 둘은 말없이 마음이 통했다. 그가 내 아픔을 알고 내가 그 외로움을 짐작하니 서로 가까워졌다.

어느 날 예배시간에 B가 보이지 않았다. 허리 통증으로 치료를 받고 며칠 지나 수척한 모습으로 나타났다. 나를 반기며 하는 말이 같이 치료받으러 가자고 했다. 자고 나면 온몸이 아프다고 했더니 담당 의사에게 상담한 모양이다. 죽을 만큼 아픈 것은 아닌데 싶어서 건성으로 대답했지만, 오늘은 딱히 계획된 것이 없어 집을 나섰다. 어떤 곳인가 궁금하기도 하고 신통하게 진찰을 잘 하더라는 말이 떠올랐기 때문이다.

병원 문을 들어서니 'B'가 먼저 와서 치료를 받고 있었다. 직원이 진료차트를 들고 번갈아보며 "두 분 이름이 똑같아요?" 하자 그는 "우리는 A, B라서 붙어 다녀야 해요." 하며 소리 내어 웃었다. 나도 따라 웃었다. 이름이 같다는 이유로 별다른 친근감을 느끼게 되는 것도 좀 별스럽다. 사람들은 학연, 지연, 혈연을 따라 끼리끼리 뭉치기를 잘한다. 하지만 같은 이름끼리 모인다는 이야기는 처음이다.

진찰실에서 초음파 검사를 받고 보니 자세가 잘못되어 삼각근육 위축으로 어깨 통증이 생긴다. 컴퓨터 보는 자세를 고치라고 했다. 물리치료를 받고, 주사를 맞았다. 병원 문을 나서면서 그가 치과 치료를 해야 한다기에 내가 다니는 치과를 소개했다. 그 병원 위치를 안내하려고 함께 치과로 갔다. 상담하고 싶었지만 시간이 늦어서 장소 확인만 했다. 함께 다니는 것이 즐거워서 힘든 줄 몰랐다.


나는 이름에 대한 생각에 잠길 때가 있다. 마지막 날에 있을 일이다. 주께서 강림하실 때 천사의 나팔소리와 함께 각 사람의 이름을 부르신다고 했다. 찬송가 180장(나팔 불 때 나의 이름 부를 때)을 할 때면 똑같은 이름을 가진 내 이름이 생각난다.

『사람은 무엇으로 사는가』(톨스토이 동화)에서 천사의 실수로 일어난 사건도 그렇고, 요즘 방송에 나온 '내가 만난 기적'의 내용도 사망자를 잘못 데려가서 생긴 사건으로 만든 작품이다. 흥미로운 생각이 든다.

지금처럼 부표를 사용해도 안 해도 정답이 없다. 나는 박정자 A도 되고, B도 되기 때문이다.

# 고백과 치유

小珍 박기옥 수필가

1.

우리의 내면에는 당사자가 감당할 수 없어 회피한 감정덩어리들이 무의식의 그림자가 되어 쌓여있다고 한다. 그림자는 수시로 출몰하여 우리를 괴롭히는데, 이것을 의식의 세계로 불러내어 다독거리는 것이 치유이다. 그림자의 인격화이다.

우리는 여러 경로를 통하여 그림자의 인격화를 시도하지만. 그 중에서도 가장 직접적인 방법은 언어이다. 언어를 매개로 하는 모든 예술분야는 감정과 생각, 의지까지도 표출하므로 그림자의 인격화에 적극적인 수단이 될 수 있다. 자신의 경험을 토대로 한 수필 쓰기는 특히 그림자의 인격화를 이루어 내는 가장 좋은 방법이 될 수 있다.

2.

박정자 수필가는 따뜻하고 진솔한 작가이다. 그녀는 집만 나서면 만날 수 있는 지극히 평범한 우리 이웃이다. 1960년대 후반에 대한중석 부속병원 간호사로 취업하여 정년퇴직까지 일했다. 키가 작은 편이어서 간호학교 입학시험 때는 발 뒷굼치를 살짝 올려 편법으로 간신히 통과했다고 고백하면서 출근할 때뿐 아니라 임신했을 때도 항상 굽 높은 신발만 신었다고 말한다. 입학 시의 키 높이는 작가의 마음에 빚으로 각인되었던 모양이다.

어느 날 평소와 같이 굽이 높은 구두를 신고 길을 가던 중 갑자기 무릎이 힘없이 접히는 바람에 땅바닥에 주저앉고 말았다. 의사는 발바닥 앞쪽에 뭉쳐진 굳은 살을 주목하면서 편안한 신발을 신으라고 권했다. 여기에서 작가는 스스로에게 해답을 제시한다.

'K와 이멜다, 그리고 나에게 있어 구두는 어떤 의미가 있는 것일까? K에게 구두가 자존심이라면 이멜다에게는 사치와 권력의 상징이었을 것이다. 나에게 구두는 열등감이 아니었을까.

이제 나는 아무도 모르게 발뒤꿈치를 올려서 국비 장학생의 혜택을 누린 빚에서 자유로워지고 싶다. 긴 세월 나의 어리석은 욕망으로 인해 상처받은 나의 발을 살며시 만져본다. 감사하고 미안하다.

"편안한 구두를 신으세요."

의사의 목소리가 귓전을 맴돌며 내 안의 나를 향해 화해를 청한다.'

- 「구두 이야기」에서

수필은 창작과정에서 엄격한 자기 성찰의 과정을 거칠 수밖에 없기 때문에 다른 어떤 문학 장르보다 자기 내면에 숨어있는 기억을 불러내기에 용이하다. 박정자 수필가는 「꼴뚜바위」를 기억해 낸다. 「꼴뚜바위」는 작가의 고향인 강원도 영월 상동읍 구래리九來里에 있는 큰 바위다. 천 평 남짓한 넓이에 아파트 15층 높이의 화강암이다. 기암의 형상으로 되어 있되 산처럼 높고 웅장하다. 돌 틈새에 자라난 수목들이 철 따라 옷을 바꾸어가며 바위를 단장한다.

바위에 얽힌 인물로는 송강松江 정철이 등장한다. 조선 선조 13년(1580년) 강원도 관찰사로 도내를 순찰하던 송강은 고두암高頭岩 앞에 이르자 옷깃을 여민다. 일행 중 한 사람이 이유를 물으니 장차 이곳에 많은 사람이 몰려와 이 바위를 우러러보며 살아갈 것이라 하며 「꼴뚜바위」라는 이름을 직접 붙여준다. 꼴뚜바위는 '으뜸 바위'라는 뜻이다.

작가는 꼴뚜바위의 전성기라고 할 수 있는 60년대 후반에 대한중석 부속병원 간호사로 발령받았다. 꼴뚜바위에서 10년을 사는 동안 작가는 이별과 만남을 경험했다. 꼴뚜바위는 작가의 내면에 의인화 된 형상으로 자리잡게 된 것이다. 독자는 작가의 얘기에 귀를 기울이며, 어린 시절 혹은 젊은 날 자신과 함께 한 또 다른 꼴뚜바위를 기억해 낼 수 있을 것이다.

'객지에서 깊은 우정을 나누었던 친구는 취업을 위해 서독으로 떠났고, 나는 크리스마스 행사가 있던 날 트럼펫 연주를 들려준 남자와 결혼을 했다. 그러나 세월이 흘러 꼴뚜바위를 떠난 지 30여 년이 흐른 지금, 광산은 폐광되고 꼴뚜바위 골짜기에 요란했던 소리는 이제 모두 멈추었다. 계곡을 우렁차게 울리던 기계소리는 들리지 않고, 사람들이 활보하던 길거리는 낙엽이 굴러다닐 뿐이다. 빼곡하던 판자 집 상점도, 산 밑에 네모난 아파트 속에도 주인은 없다. 사람들이 떠난 자리는 스산하고 적막하다. 지칠 줄 모르고 뛰어놀던 아이들의 고함은 어디 갔을까. 트럼펫 소리가 감미롭던 언덕 위의 교회건물도 인기척이 끊겼다.'

— 「꼴뚜바위」 중에서

수필의 다양성은 문학이라는 강을 넘기에 오히려 좋은 조건이 되기도 한다. 다양성은 문턱이 낮고 친근하여 누구나 쉽게 접근이 가능하기 때문이다. 여기 박정자 수필가의 사회성 있는 수필 한 편을 보자.

작가는 어린이집 교사들의 아동 학대현상을 주목한다. 가정에서는 우선순위 첫 번째인 금쪽같은 아이들을 어린이집 교사들이 번쩍 들어 땅바닥에 던지는가 하면 양쪽 귀를 잡아당겨 끌고 다니기도 하고 김치를 먹지 않았다고 토한 음식을 다시 먹이는 일이 밝혀진 것이다.

작가는 보건소에 근무할 때의 일을 떠올린다. 초등학교 예방접종을 갔는데 흰 가운을 입고 교실 문을 열고 들어서자 아이들이 아우성을 부리기 시작했다. 어떤 아이들은 발을 동동 구르면서 징징거리고, 또 어떤 아이들은 큰 소리로 울면서 소란을 피웠다. 교탁 앞에 서 있던 선생님이 갑자기 회초리를 들더니 앞자리에 앉은 학생을 사정없이 후려쳤다. 깜짝 놀라 선생님을 바라보니 이렇게 하지 않으면 말을 듣지 않는다고 했다. 실제로 그 후 교실은 조용해졌다. 아이들은 스스로 줄을 서서 조용조용 나와 주사를 맞고 제자리로 돌아갔다.

점심시간에 선생님과 함께 이야기를 나누는 동안 충격적인 이야기를 들었다. 그 선생님은 출근해서 학생들을 보면 짜증이 난다고 했다. 아이들이 싫어 그만두고 싶지만 그렇게 할 수 없어서 속상하다고 했다. 중년이 된 여선생님은 깡마르고 피곤해 보였다. 아이들을 좋아하지도 않으면서 돈 때문에 매일 그들과 마주하고 살아야 하는 그분도 안타깝고 사랑도 없는 선생님에게 가르침을 받아야 하는 아이들이 가여웠다고 기억한다.

사회적 문제를 다룬 수필 한 편을 더 보자. 이번에는 이웃에 관한 문제이다. 이웃집은 작가의 집과 벽 하나 사이다. 윗집에서 나는 기침 소리도 들리고 변기 내리는 물소리도 들린다. 아랫집은 작가의 집에서 쿵쿵 소리가 들리면 득달같이 달려온다. 어린 손자들이 오면 미리 뛰지 말라고 일러두어야 마음이 놓인다.

어느 날 통장이 작가의 집을 방문했다. 90이 넘으신 시모님의 안부를 확인하기 위해서다. 요양 병원에 계신다고 확인 사인을 했다. 이웃끼리 소통이 없다 보니 방문해서 생사확인이 필요하다고 말했다. 남편 소식을 물었다. 작가는 잠시 숨을 고르고 나서 입을 열었다.

"남편이 저세상 떠난 후 6개월이 되는데 서울에 가서 입원 치료를 하다 돌아가시니 이웃에 알릴 기회가 없었어요. 일부러 알리고 싶지 않아서 이웃집은 아무도 몰라요"

통장은 당연하다는 듯이 "그럼요, 알리지 마세요. 무슨 일 있으면 우리 집에 전화하세요."

작가는 이 말을 듣고, '이웃집은 울도 담도 없는 벽하나 사이지만 이름도 얼굴도 모르는 낯선 사람들이다. 집에서 들리는 소음에는 민감하지만 정작 내가 슬픔에 못 이겨 통곡을 할 때는 아무런 반응이 없다. 오히려 이웃집에 남편 없이 혼자 산다는 것을 감추고 싶어 남편 구두를 현관에 놓고 산다. 구두가 나를 지켜주기라도 하듯' 이라고 말한다.

　태생적으로야 신변잡기일 수밖에 없지만 표피적인 감정에 머물지 않고 깊숙한 내면의 심리변화를 다루어내면 고급문학이 될 수 있는 것이 수필이다. 자신의 아픔을 현실적으로 직면하여 깊이 있게 잘만 풀어낼 수 있다면 그 어떤 장르보다 호소력이 강한 문학이 될 수 있는 것 또한 수필문학이다. 박정자 수필가의 진솔한 개인사 한 편을 보자. 친정엄마의 산소에서 자신의 삶을 회상하는 이야기다.

　작가가 중석 광업소 부속병원에 취직이 되었을 때, 엄마는 무척 좋아했다. 하지만 정작 엄마가 아플 때는 내과 첨단시설이 부족해 서울에 있는 종합병원으로 모시고 갔다. 검사실에서는 혈관을 찾지 못하고 왼팔과 오른팔을 번갈아 여러 번 주삿바늘을 찔러대고 실수를 거듭했다. 작가가 보다 못해 의료진에게 양해를 구하고 단번에 채혈을 하니 엄마는 딸이 서울 간호사들보다 더 주사를 잘 놓는다고 동네방네 자랑했다.

　결혼하고 아이가 태어나자 육아 문제가 생겼다. 엄마는 선뜻 집안일을 뒤로하고 딸 셋을 맡아 키워주었다. 퇴직을 하면서 일과 육아에서 놓여난 작가는 이제 마음껏 자신의 삶을 살아보리라 작정했다. 언감생심, 시어머니와 친정어머니를 한 집에 모시고 살며 딸 셋이 낳은 외손주들까지 돌보게 되었다. 좌충우돌하는 사이 부부간에도 말다툼이 심해져서 직장 다닐 때보다 훨씬 고달픈 생활이 지속되었다.

'시간이 지날수록 상황은 달라지고 있었다. 언젠가부터 깍듯하던 사돈 간의 예의가 무너졌다. 엄마가 화장실 불을 켜놓고 나오면 시모님의 잔소리가 심해지고, 수돗물을 잠그지 않는 경우가 생기면 짜증을 내셨다. 엄마가 설거지하면 시모님은 뒤따라가서 다시 씻어 놓곤 했다.

거실에서 함께 있는 시간보다 각자 자기 방에 있는 시간이 길어졌다. 엄마가 내 방에 찾아와서 울었다. 밖에 나갔다가 사돈이 현관문을 잠그고 열어주지 않았다고 했다. 시모님께 따질 수도 없고 잠자코 있으니 너도 한통속이라며 노여워했다.

남편에게 그 말을 전한 것이 잘못이었다. 시모님 방으로 들어가더니, 잠시 후 너는 장모만 안다고 시모님이 소리 지르며 짐을 챙겨 들고 나섰다. 집안에 찬바람이 일었다. 입에 침이 마르도록 양쪽을 다독거려 화해는 되었지만, 식탁에 마주 앉아도 토라진 표정이었다.

남편과 나 사이도 썰렁해졌다. 말을 절제하고 침묵이 시작되었다. 엎친 데 덮치듯 남편이 뇌졸중으로 쓰러졌다. 앞이 캄캄했다.

앞에도 뒤에도 나는 없고 그들만 있었다. 남편 간호와 두 분 어머니의 시중이 모두 내 몫이다.

　엄마는 한숨 쉬며 "내가 얼른 죽어야 하는데" 하시고, 시모님은 귀속에서 기차 소리가 난다고 찡그리고 나의 관심을 받으려고 응석이다. 내게는 모두 소중한 사람들이다. 하지만 마음은 점점 지쳐갔다.'

- 「사랑의 굴레」 중에서

　그러나 작가는 넋두리에 그치지 않는다. 인간 본연의 심성을 드러내며 눈물샘을 건드린다.

　'시모님과 함께 엄마가 계신 요양 병원에 문병을 갔다. 눈을 감으면 좀처럼 눈뜨기를 싫어하던 엄마는, 사돈 오셨다는 소리에 눈을 번쩍 떴다.

　"날 알아 보갓소?"

　시모님이 큰 소리로 말하며 침대 곁으로 다가서 손을 꼭 잡는다.

　"그럼 알지요, 왜 몰라요."

　두 분이 다정스럽게 웃으며 바라본다. 말로는 소통이 어려워도 마음으로 많은 사연들이 교감되고 있었다.

　아무도 장래 일은 모른다. 방문 앞에 앉아서 나의 출입시간을 챙기던 시모님도, 태산처럼 기대고 살던 남편도 떠났다. 앞에도 뒤에도 아무도 없고 나만 홀로 남아있다. 초가을 솔바람이 볼을 스치고 지나간다.

"엄마 이제 모두 용서하세요!"

목구멍에서 뜨거운 기운이 휘돌아 눈물 되어 흐른다.'

- 「사랑의 굴레」 중에서

3.

수필은 나의 이야기를 우리의 이야기로 풀어내는 작업이다. 니의 이야기가 전개되는 무대는 나의 현실이다. 현실에서 부딪히는 문제는 회피하거나 도망 칠 공간이 없다. 현실을 도피하면 일시적으로 고통을 피할 수는 있지만 해결이 되는 것은 아니다. 해결의 방법은 오로지 문제를 직시하고, 직접 부딪혀서 적극적으로 헤쳐 나가는 길밖에 없다. 현실을 나의 것으로 수용하여 그대로 인정을 하는 것이다.

마음의 상처가 심한 경우는 현실을 직시하고 헤쳐 나가는 일이 쉽지 않을 수도 있다. 자신을 냉정하게 관찰할 수 없기 때문이다. 수필쓰기가 자신의 표면적 이면을 탐구하는 길이 된다면 치유의 영역으로 손색이 없을 것이다. 다만 이 때 작가는 자신의 내면을 정확하게 바라보고 진실되게 인식하여 솔직하게 드러낼 수 있어야 한다.

인생의 어느 시기에 마음의 아픔을 치유받을 기회가 있다면 오히려 어려움을 극복해내는 좋은 경험이 될 수도 있을 것이다. 자신에게 아픔을 주었던 과거의 경험에 대해서도 현재 상태에 따라 의미와 해석을 달리할 수 있다. 나의 현재가 과거를 편집할 수도 있기 때문이다.

수필쓰기를 '고백과 치유'로 이해하는 독자가 있다면 박정자 수필가와 차를 한 잔 나누기를 권한다. 찻잔을 마주하고 조곤조곤 자신의 이야기를 나누는 것이 수필을 만나는 시점이라면 파트너로 썩 괜찮은 대상임에 틀림없다.